目次

鬼上司の執着愛にとろけそうです

第一章

白鳳《はくほう》情報システム株式会社、本社十一階にある営業部オフィス。

その広いフロアの一角にある資料キャビネットの前で、私、三谷結衣《みたにゆい》は立ち尽くしていた。頭の中は真っ白だ。同期入社である秋本沙梨《あきもとさり》が、円《つぶ》らな瞳を潤ませながら言葉を続ける。

「……だからね……今澤《いまざわ》チーフと私、付き合うことになったの……」

人事部の沙梨が必要だという営業部の資料探しを手伝っていた最中のことだった。私は半ば呆然としたまま、取り出した資料を差し出す。沙梨はそれを受け取り、話を続けた。

「ごめんね？　結衣がずっと、今澤さんのこと好きだったの、知ってたのに……」

白い肌にピンクの唇、睫《まつげ》毛は豊かでくるんくるんしてて、瞳はぱっちり——沙梨は、小柄で、見た目も中身も女の子らしくて、可愛くて、モテて。華やかで、明るくて……要は、身長が百七十センチ近くある私とは何もかもが対照的で。そんな可愛らしい彼女が涙を零《こぼ》す姿は、儚《はかな》げで守ってあげたくなるくらいだけど……

まるで私が泣かせているみたいな状況。しかも今は仕事中。こんな場面見つかったら、営業部の直属ドS上司から「サボってんじゃねー！」と怒号が飛びかねない。

頭の中は真っ白のまま、この部署で培《つちか》った営業スマイルを見せて沙梨に返事をした。

「……いいよ。今澤さんと、仲良くね」

「結衣……本当にごめんね。ずっと友達でいてね？」

潤んだ瞳でじっと見つめられる。ぎこちなく、うん、と頷いたら、沙梨は笑顔になった。

「ありがとう、結衣！　……じゃあ、部署に戻るね！　それと資料、一緒に探してくれてありがとう！　この資料、本当は明日でもよかったんだけど、早く結衣にこのこと報告したかったから……本当にありがとう！」

「……あっ、う、うん」

パタパタと足音を立てて営業部を出ていく沙梨に手を振ることもできず、やりきれなさを感じながら席に戻ることにした。

そうか……沙梨の資料は急ぎじゃなかったのか……。それならこんな忙しい時に探さなくてもよかったのに——なんて思ったって時すでに遅し。早く戻らないと本当に叱られる。

私がずっと好きだった今澤さんは、私が所属する営業一課の先輩だ。今澤瑞樹《みずき》、二十七歳。私が入社した時からずっと片思いをしていることは、沙梨も知っていたのに、まさかこんな形で失恋するとは思ってもみなかった。

自席に戻ると、営業一課の課長である湊《みなと》マネージャーがイライラした様子で私の席に座っていた。

湊蒼佑《そうすけ》、三十二歳で、私の七つ上。今澤さんと私はこの人の下で働いている。ちなみに、我が社において課長はマネージャーと呼ばれるが、営業部メンバーはみんな湊さんと呼んでいる。

すらりとした長い足、筋肉質でいて少し細めの体。百八十センチを超える長身に、甘いマスク。ファッションに疎《うと》い私でもわかるほど、いいスーツを着ていて、いつもいい匂いがする、巷《ちまた》で言うイケメンの類《たぐい》だ。但《ただ》し、笑顔は取引先でしか出ないし、基本的にいつも怒っている。一部ではモテるとも聞くけど、穏やかな人が好きな私としては、まったく惹かれるタイプではない。

「三谷！　どこにいたんだ。見積り作れ！　今週末は業務が立て込むから、依頼が来たらすぐ捌《さば》いていけって伝えてただろう！」

「すみません、すぐ作って送ります」

私の業務は、このドS上司、湊さんのアシスタントだ。湊さんが怖いのはいつものことなので、睨まれたり凄《すご》まれたりするのには慣れている。

そんなことより今、私は別件で傷ついているわけで。

「三谷さん……大丈夫？」

隣の席から、今澤さんが心配そうに覗き込んできた。こうして湊さんに怒られている私を、いつも気にかけてくれる。が、今はそれを嬉しいとは思えない。

「大丈夫です……」

そっけなく視線を避けて、データベースを開き、唇を噛みしめながら見積りを作った。

なんか、私、バカみたい。片思いしてた時間が、バカみたい。見積り作成も、資料を探してた自分も、全部バカみたい。

泣きそうになるのを堪えて、見積りのデータを湊さんに送信した。

失恋から数日経ち、週末の夜。

ガヤガヤ、ザワザワ……

ビジネスマンたちが羽を休めるように、焼き鳥とビールを笑顔で味わっている。活気のある店内は威勢のいいスタッフの声が飛び交い、近くのテーブルではスーツ姿の人たちがジョッキをぶつけ合っている。

まったく色気のない、しかし味は絶品の焼き鳥屋。カウンター席に座る私の隣には……なぜか湊さん。

先日湊さんが言っていたとおり、昨日今日は忙殺の極みだった。特に昨夜は終電ギリギリまで残業して、今朝は始発で来たから寝不足でフラフラ……

お酒に強くない私が寝不足時にアルコールを入れたら、こうなるのは目に見えていたのに……

私は、ビール一杯ですっかり出来上がっていた。

「うっ……ずっと、好きだったのにっ……」

「泣くなよ、鬱陶《うっとう》しいな」

長い足を組み、漆黒の目を少し細めて、酔っ払っている私に視線を向ける湊さん。繁忙期が落ち着くと、湊さんは毎回営業部のメンバーを飲みに誘って労《ねぎら》ってくれる。

今日は残っているのが私と湊さんだけだったので、珍しく二人で行くことになったのだけれど、今週ずっと心ここにあらずだった私を、どうやら気にかけてくれていたらしい。

「今週、なんか様子がおかしいと思って誘ってみたら……」

湊さんはネクタイを緩めながら煙草《たばこ》を取り出し、トントンとフィルターをテーブルに叩きつけた。

この店はどこかノスタルジックな雰囲気で、ひと昔前のような空気感がある。昨今、喫煙者の肩身は狭くなる一方だが、ここではみんな気兼ねなく喫煙していた。

私はビールが入っているジョッキを掴み、一気に飲み干した。

「どうせ、みんな沙梨みたいな子がいいんですよね。私、背も高いし、なんなら今澤さんと同じぐらいだしっ……」

「あーもう、うるせーなー。店出るぞ。外の風に当たれ」

湊さんは、取り出していた煙草《たばこ》をそのままケースに戻すと、支払いを済ませてくれた。

「あっ、私、払いますよ」

「バカか、恥掻《か》かすな」

お酒飲んで、上司の前で泣いて、酔っ払って、本当に申し訳ないことで。

月曜出社したら、湊さんにすぐ謝んなきゃ……。あー、でもやけに眠いかも。ちゃんと起きておかなきゃ……

そう思って瞼《まぶた》を開けると——

なんかおしゃれな形の照明がつり下げられているけど……私の家は普通のシーリングライトのはず。

むくりと体を起こす。カーテンから漏れる陽光で、朝を迎えていることがわかって——

え？

ここどこ？

「やっと起きたのかよ」

開いていたドアから、バスタオルを腰に巻いた湊さんが入ってきた。その振舞いは堂々たるもので、見ているこっちのほうが目を覆《おお》ってしまう。

「みっ、湊さん!?　なんて格好してんですかっ！」

「乳、見えてるぞ」

ぎゃあ！　私も裸!?

慌てて布団で胸元を隠し、ごっそりと抜け落ちている昨夜の記憶を手繰《たぐ》ろうとした。ああ、でも思い出せない。

混乱に陥《おちい》りながら改めて部屋を見回してみると、ベッドは広々としたクイーンサイズ。私の部屋よりもずっと天井が高く、ベッド周りのリネンはホワイトグレー、カーテンは白。シックなブラックタイルの床の上には、無機質なアイアン家具が置かれている。シンプルながら高級感漂うインテリアに今一度息を呑んだ。もしかして、ここ、湊さんの家？

湊さんはそんな私の様子を見ながら小さく溜息をつき、ベッドに腰を下ろした。

「マジかよ。記憶ねぇの？」

「ないですね……」

「そんな漫画みたいなやつ、いるのかよ……」

「私も、ここまで記憶を失ったのは初めてで……」

湊さんは三十二歳だけれど、すごくきれいな体をしている。しなやかなその肢体を見て、私の貧相な体が恥ずかしくなった。

「ちょ、寒い。布団入れて」

「あ、ハイ……──あっ、いやっ……」

布団を開けて迎え入れると、湊さんは私の胸もとに顔を近づけ、色づいた先端を口に含んだ。

「三谷は、感じやすいな」

先端を飴玉のように転がされ、顔から火が出そうだ。

湊さんがっ、あの鬼軍曹がっ、こんなこと！

「イヤイヤイヤ、ムリです！」

顔を手で覆《おお》いながら首を振ると、あっさりと手を取られて目を覗き込まれた。本当に、吸い込まれそうな漆黒の瞳。

「何がムリなんだ？　昨日はお前のほうから迫ってきたんだぞ」

嘘だーっ！

だって湊さんのこと全然タイプじゃないし、私、優しい人がいいし、エッチだって本当にしていたら何年ぶり？　ってぐらい久々なのに……違和感も、ないし。

「あっ」

湊さんにばさりと布団を剥《は》ぎ取られ、ささやかな胸と貧弱な体が晒《さら》された。

「……やだ、こんな体……見ないでください」

泣きそうになりながら手で肌を隠そうとしていると、湊さんが優しく私の両手を捕まえた。

シャワーを浴びたのか、湊さんの髪はしっとりと濡れて、前髪が下りている。いつも隙なくセットされているから、そんな彼の無防備さに胸がきゅんっとした。

「こんな体って、なんでそんなに卑下するんだ？」

湊さんは首を傾げながら、私の首筋を指で辿り、鎖骨に触れた。

「んッ」

「ここと、背中が好きなんだろ？」

指だけなのに、ゾクゾクと快感が走る。

「あ、湊さぁん……」

甘い声で呼んでしまって、かあっと顔が熱くなった。湊さんは「きれいな体だよ」と囁《ささや》くと、私をベッドに押し倒し、両腕をシーツに縫い止めるようにして唇を重ねる。

いつもあんなに怖いのに、そんな優しい言葉を囁《ささや》かれたら……

彼の冷たい唇が触れては離れる。

「三谷の唇は熱いな」

かすれた声で耳元を擽《くすぐ》られ、唇を少し開くとちゅるりと舌が入ってきた。

「ん……ふ」

私の肩を抱くようにして、湊さんは私の舌に唾液を絡ませる。

ああ、何これ、こんなキス、知らない――

淫らな音を立てて、湊さんは私の唇から離れていく。

「昨日のこと、思い出せない？」

「は、はい……」

蕩《とろ》けるようなキスの威力に、半ば理性が崩れ落ちかけている。こんなキス……知らない。

「じゃあ、おさらいしてやる」

湊さんの瞳が、獲物を捕らえる豹《ひょう》のように鋭く私を見据えた。

「足、開け」

「あっ――」

両膝が割られ、湊さんの美しく長い指が、何もつけていない私の秘密へ辿りつく。指が内側に入ってきて、昨夜かなり乱れたのか……そこが相当濡れているのが、湊さんの指の動きですぐにわかった。

「うっ、いやぁ……っ」

「そんなに嫌か？」

「あッ！」

湊さんは私の奥深くまですんなりと中指を入れ込み、胸の先端をもう一方の手でつまんだ。

「あーッ……」

どちらの指の動きもどんどん加速していく。決して強くはないのに、刺激が大きく広がり――

「あああああッ……！」

中から何かが迸《ほとばし》り、グレーのシーツをぴしゃりと派手に濡らした。恐る恐る視線を下げると、染みが一面に散っている。

な、何これ。

こんなの、初めて出た。

「あ、すみませんっ……！　シーツ、洗いますっ……」

「よく出るよな。いいよ、替えがあるから」

よく出るよな……!?

湊さんは、きれいなアーモンドアイを少し細めて、再び混乱に陥《おちい》り震える私の肩を抱き寄せる。

「よく出る」とは……昨日も出したのだろうか、想像するだけで恐ろしい。

「それより、続きいいか？」

「あっ」

ねろりと首筋を唇で辿られ、声が漏れてしまう。

そんないい声で、耳元で、囁《ささや》かないで。仕事中と全然違う、愛おしそうな声で。

湊さんは、ヘッドボードに置いていた薄く小さな袋を切り、私に見せつけるようにしながら灼熱《しゃくねつ》に装着した。……てか、おっきいんですけど。こんなの入るの？　……もとい、入ってたの？

今、湊さんの体を見ているだけでこんなにドキドキするのに——本当に昨日、エッチしたの？

目を丸くしている私に、湊さんは口角を上げた。

「入れていい？」

「わかりませんっ」

湊さんが私の震える太ももをそっと開いて体を寄せてくる。端整な顔が近づく。

「だめ、だめですっ……湊さんと……こんなことしたら……、どんな顔して働けばいいのか……」

「何を今更……いいから力抜け。全部任せろ」

心臓がおかしくなっちゃうんじゃないかっていうほど強く鼓動を打っている。こんなにドキドキしているのは私だけみたいだ。湊さんはいつもよりセクシーさは増しているものの、平然としている。本当に昨夜、こんなことしたのだろうか。

細長い彼の指が襞《ひだ》を広げると、くちゃりと水音が部屋に響いた。

「広げただけなのに……すごい音だな」

「い、言わないでください……」

湊さんはふっと表情を緩めて微笑む。そして指でそっと蜜をすくい、優しく塗りつけるように小さな突起をいたぶった。たまらず体を捩《よじ》ろうとすると、すぐに足を押さえつけられる。

「気持ちいいんなら、身を任せてろ」

動きたいわけではないのに、腰が勝手に浮いてしまう。それに、いつもあんなに厳しいこの人が、こんなに優しく、こんなにセクシーだなんて……あまりに現実とかけ離れすぎていて、頭の中がパンクしそうだ。

「んっ、湊さん、も、もう……だめ……っ、いやです……」

「……悪いけど、俺は我慢できない」

押さえられていた膝が解放されたかと思うと、湊さんは体を起こして私の足を折り曲げた。

「俺とこんなことするのは、本当に嫌か？」

「……え、っと……」

嫌、じゃ……ない、けど。

やっ、嘘、ほんとに入っちゃうの？

戸惑いながらそこを見ると、湊さんの屹立が私の蜜を纏《まと》って擦り付けられていた。時折、敏感な肉芽に湊さんの先端が当たり、体が反応する。

「三谷、力抜いて」

あ、ああ……

ダメ、ダメ……

湊さんの体重が乗っかってきて、まぬけなかっこで足を開いて、私――!!

これだけ戸惑っていても、抗《あらが》わなきゃと思っても、体がいうことを聞かない。

湊さんはゆっくりと押し開きながら私の奥へ進もうとする。

「う……あぁんっ」

「くっ……締めるなよ」

私の最奥まで辿りついた湊さんはぎりりと唇を噛み、切なげに歪《ゆが》んだ顔で私の体を抱き抱え、自分の上に座らせた。

「あっ、こんなカッコ……っ」

上司と対面座位って……！

繋がったままぐらりとバランスを崩しかけ、慌てて湊さんのしなやかな首に掴まった。

「ひゃあっ……」

「そうだ。そうやってしっかり抱きついとけ」

「あんっ……」

下からの突き上げに、揺さぶられる。そのたびに、湊さんのそれに奥を突かれて息が止まる。優しい律動にじわりと甘く快感が広がって、嬌声が漏れ出るのを抑えられない。

「ああ……、ダメ、湊さん……！」

ちかちかと星が回る感じがする。下腹部の熱さに身を捩《よじ》ると、容赦なく突き上げられた。逃げ場をなくした私は、湊さんの見事な体に縋《すが》りつくしかなかった。

湊さんはそんな私を抱きしめ、かすれた声で呟く。

「三谷……気持ちいいんだな？　中から伝わってくる」

「むり、むりぃっ、こわれちゃう、湊さん……！」

硬い激情を締めつけた瞬間、頭の中が真っ白になり——私は彼の膝の上で達してしまった。

さっきと同じようにまた、シーツが水分を含んだ。


恥ずかしい……

恥ずかしすぎて、お嫁にいけない。

私が体育座りで落ち込んでいると、始末を済ませた湊さんが、私の頭をポンポンと撫でた。

「潮吹いて落ち込んでんのか」

そう言われると、情けなさが倍増します……

「はい……湊さんとこんな関係になってることも、です……」

「本当に覚えてねえんだな」

「え？」

「ま、いいや。とりあえず、お前俺と付き合えよ」

「は？　なんでですか？　私、今澤さんのこと好きだったんですよ？」

そう言うと、湊さんは、げんなりした顔で溜息をついた。

「俺はお前のことが好きだったんだよ。昨日散々言っただろ、バカ野郎」

……湊さんが、私のことを好き……？

嘘でしょ？

そ、そんな風に見たことなかったし、叱られてばかりだったし、湊さんが恋愛感情なんてものを持っていたことにも驚いたし……。しかもその相手が私……

自分で言うのもなんだけど、なんで湊さんほどの人が私なんかを？

湊さんは戸惑う私の手を真剣な表情で取り、愛おしむように手の甲に口づける。その仕草は実に麗《うるわ》しくて、不本意ながら見とれてしまった。

「今澤ごとき忘れさせてやるよ」

……湊さんじゃないみたい。

いつもの鬼はどこに行ったのか。こんな美しい男性に、こんなに熱意をもって言われたら（但《ただ》し性格に難ありだけど）、圧倒されてしまう。

……って、簡単すぎでしょ私！　相手はあの湊さん！　今澤さんへの想いも消えたわけじゃないし……

「そんな……か、簡単に忘れられるかどうか……」

「俺は気にしない」

「で、でも、私と湊さんが付き合ったら、仕事がやりづらくないですか？」

「大丈夫だよ。守ってやるから」

きゅん。

……あ、なにこれ。

私、湊さんにときめいてる？

「――三谷」

甘いテノールの美声が耳を支配したかと思うと、私はまたシーツの上で、湊さんの体を受け止めていた。

逞《たくま》しい肩に手を伸ばし、キスの雨を受ける。煙草《たばこ》の苦みまでも幸せに感じる。

こんなハイスペックな男の人に愛されたことなんて、今まで一度もない。

「三谷……返事は？」

「……っ……あ」

胸の先端を湊さんの舌で掠められ、びくんと体が震える。軽く吸い上げられ、体の奥が熱くなった。もう一方の乳房もやわやわと揉まれる。

「……っ」

「嫌じゃないなら……気持ちいいのなら……我慢するな」

甘く低い声が、拙《つたな》い思考を奪う。色づいた先端を指でするりするりと刺激され、呼応するように下腹部がうねり出す。

「だ、だめ……みなと、さん……」

何がだめなのか自分でもわからない。湊さんの手がそろそろと下りてきて、肉襞に辿りついた。

「ひ、ぃっ……」

湊さんの指が秘裂を広げる。それだけで私がどれだけ発情していたかわかる。そこはすっかり濡れそぼり、触られる前からとろりと蜜を滴《したた》らせていた。

「はは。濡れすぎだな」

湊さんは微笑みながら、中指でそっとクリトリスに触れる。

「す、すみませ……っ、ああっんっ……」

「謝ることじゃない。そう、もっと声出していいから――」

ぬるぬると弧を描くように湊さんの指が滑る。止めどない快感を逃がすのに私は必死になった。

これまでの数少ない経験の中で、エクスタシーを感じたことはない。こんなに淫らな体液を漏らしたこともない。でも、湊さんにクリトリスを弄《いじ》られていると、本当に何かがおなかの奥から溢《あふ》れそうな感じがするのだ。

「で、出ちゃうから、やめてくださ……」

「いいよ。出して」

「そ、そんな……無理ですっ」

「無理なのか？　ははっ、どっちなんだよ」

小さく笑う湊さんに、あっという間に膝で足を割り開かれる。

「三谷。……挿《い》れていい？」

職場にいるような堂々とした口調だけど、どこか不安げな眼差しに胸が締め付けられる。

「あっ……」

湊さんの唇が首筋を滑り、耳たぶに吐息がかかる。夢のような甘さに耐えられなくて顔を背けても、逃がしてはくれない。

「……俺の彼女になるのは嫌か？」

濃厚なキスの合間に、湊さんと視線が交わる。彼が切なく動きながら、悩ましい瞳で私を求めてくる。

答えを急かすような優しいキスが何度も降ってくる。

ず、ずるい。こんな……

だって、私、失恋したばかりで……そんなにすぐ、気持ちを切り替えられるかわからない。そんな状態で付き合ったら、湊さんを傷つけることになるんじゃないの？

「湊さんのことが嫌ってわけじゃなくて……こんな……今澤さんがだめだったからすぐ乗り換えるみたいな状態が……んっ」

わずかな理性で最後の抵抗を試みるが、唇の隙間から湊さんの唇が押し入ってきて、言葉にならない。

「……すぐに無理して忘れなくていい。利用してくれて構わない。俺を選んでくれたら、後悔はさせないから――」

失恋の傷も、友人の心ない行為も、湊さんの何もかも包んでくれるような温かさが癒《いや》してくれるみたいだ。この人といたら、今澤さんのことを忘れられるかもしれない。

「三谷……返事は？」

優しい声に、胸の奥がぎゅっと締めつけられる。困惑や不甲斐なさで心の中がごちゃ混ぜになりながらも、湊さんの想いに胸打たれている自分が確かにいる。

目の前にいるこの人を受け入れたい、と思った。

「私でよければ、よろしくお願いします……」

なんて、簡単な女だ。

自分でもそう思うけれど、湊さんのこの迫力と妖艶さには、つい服従してしまう。

「……もう、挿《い》れる」

硬く反り返った熱杭が、クリトリスと襞《ひだ》を滑った。とろとろの透明な蜜を纏《まと》って、険しい表情をした湊さんの体重が乗ってくる。私は目を瞑《つぶ》ってこくこくと頷いた。

奥のほうまで入ってきた湊さんで、私の中が目いっぱい広げられる。

「……あっ、あぁ……っ、ん」

苦しい。だけど気持ちよくて、なぜか涙が出そうなくらい胸がいっぱいで。

湊さんは、心配そうな瞳で私を見下ろしながら、緩やかに動く。私の反応をじっくりと確かめ、慈《いつく》しむようなキスを唇に、体中に、何度も何度も落としてくれる。

「み……みなと……さ」

あまりにも甘く、深い快感から逃れるように名前を呼ぶと、彼はぽつりと呟いた。

「…………夢みたいだ」

本当に幸せそうに言うから、目頭が熱くなって、湊さんの首に手を回してしがみ付いた。

深く深く繋がり、湊さんの怒張に奥をぐりぐりと刺激される。

たまらなくなったその瞬間、湊さんの動きが速まった。

「ひっ、ん、みなと、さんっ」

「悪い、もう、限界」

「私もっ……もう……っ」

絶頂に向かうように激しく揺らされる。愛液が飛び散り、淫らな水音が鳴り響いた。

「くっ……」

湊さんが眉根を寄せ、精を吐き出すと、私の奥が更に絞り出させるようにきつく収縮し、ひくひくと痙攣《けいれん》した。

こんな私でもいいのかな。

本当に、今澤さんのこと、忘れられるかな。

「湊さん。こんな中途半端な私でも……いいんですか」

二度目の絶頂を迎えたあと湊さんに尋ねてみると、「そのままのお前でいいよ」と頬にキスをされた。

失恋から一転。鬼上司が私の彼氏になった。


そして、月曜日——

私のデスクに、先ほど必死で作った資料が飛んできた。彼氏になったはずのイケメン鬼上司が、まさに鬼のような顔をして凄《すご》んでくる。

「要領悪《わ》りーんだよ！　今まで何聞いてたんだ！　やり直せ！」

やはり、鬼が降臨していました——

鬼度三割増し。

「はい……やり直します……」

結局、土曜も日曜も湊さんちにお泊まりした。彼氏になった湊さんは本当に優しくて、甘くて……。ここはカフェか何かかと勘違いしそうなほどのステキな朝食を作ってくれたり、私が泊まりに来る日のためにと言って買い出しに行って、いろいろと買ってくれたり。どこへ行くにも手を繋ぎ、家にいる時はずっとくっついて、目が合うとキスを交わし、そうするとまたいちゃいちゃが始まる。

エンドレス溺愛で、身も心も蕩《とろ》けさせられた週末だった。だからといって仕事でもこのぐらい優しくしてほしいなどとは思っていないが……二日間甘々《あまあま》で過ごした上でのこのギャップは恐ろしい。

元々、このぐらい怒ってたっけな。

つまり、こっちが本物の湊さん？

はああ……

溜息をついてパソコンに向かっていると、今澤さんがコーヒーを置いてくれた。

「あ、ありがとうございます」

ちょうど飲み物を買いに行こうと思ってたところだったので、ありがたくいただく。

「お金払います」

「いいよ。僕からの差し入れだから」

「そんな……」

今澤さんは百七十センチちょっとの身長で、くせのないすっきりとした顔だち。髪は少し柔らかくて茶色がかっていて、瞳も色素が薄い感じだ。最初はハーフなのかと思っていた。

「そのデータ、僕も見させてもらったよ。よくできてると思うけど、湊さんは完璧主義だからね……」

「いえ……これも修行ですから」

そう答えると、今澤さんは優しげに目を細めて、

「できることがあれば手伝うから、遠慮なく言ってね」

と言い、自分の業務に手をつけ始めた。

このさりげない優しさが、本当に好きだった。

熱いコーヒーをふうふう冷ましながら飲んでいると、今澤さんが遠くを見ていることに気がついた。その視線を追ったら、……沙梨が、他部署の男性と話している。

再びちらりと今澤さんの横顔を見ると、悲しそうな、複雑そうな顔をしていて。

今澤さんは、本当に沙梨に夢中なんだなぁと痛感した。私の入る隙なんてきっと最初からなかったのだ。

そんなことを思いながらコーヒーをデスクに置き、首を大きく回して仕事に取りかかった。


「三谷、まだいたのか」

会議で抜けていた湊さんがデスクに帰ってきた。もう午後九時前だ。働き方改革により、役員の事前許可がない限り九時には退勤しないといけない。

気がつけば、他のメンバーはほぼ退勤しているようだった。今澤さんも、デスクにバッグは置いてあるけれど姿は見えない。どこかで打ち合わせかな。

「はい、あとちょっとで終わります」

「早くしろ。無許可での残業は禁止だ」

「…………」

本当に、昨日とは別人みたい……

私の隣——今澤さんの椅子にふてぶてしく座る湊さんをじっと見ると、「あ?」と凄《すご》まれた。恐ろしい。

「……休みの日と全然違いますね」

「そりゃそうだろ。こんなところでケツでも触れっつーのかよ」

「ケツ! セクハラ!」

「お前、声でけえ」

口が悪すぎるし意地悪な笑い方だけど、笑った! 会社で!

「湊さん、やっと笑った」

そう言うと、湊さんは少しむっとしたような顔をしつつ、デスクの下で私の手を握った。

オフィスには他に誰もいないのだけど、誰かに見つかったら——今澤さんが戻ってきたら、とひやひやした。

でも、湊さんの手はすごく温かくて、ほっとして、同時にドキドキする。

「今日もうちに来い。俺はもう少し残るから。勝手に入っといて」

湊さんはスーツのポケットからキーを出し、私の膝の上に置いた。チャリ、と音がするのと同時に、オフィスのドアが開く。

「あ、湊さん、戻られてたんですね」

今澤さんが慌ただしげに湊さんに近寄り、今進めている案件の話を始めた。

湊さんの淡白な返答にもめげずに、今澤さんは一生懸命進捗《しんちょく》を伝えている。

私は、湊さんの家のキーをそっとポケットに入れ、白熱する二人を横目に、先にオフィスを出た。

湊さんの家は、ここから歩いていける距離にある。タクシーを使うか、どうするか……

晩ごはんはどうしよう……

「――あ、結衣！」

考えながらビルの前のロータリーを歩いていたら、沙梨が手を振ってきた。

「あれっ、沙梨遅いね！　残業だったの？」

沙梨は人事部人材育成課にいる。残業の多い営業部と違って、今の時期は基本的に定時で上がれるはず……。あ、今澤さんと待ち合わせか。

「今澤さんは、まだ湊さんと話してるよ」

「あっ、そうなんだ？　湊マネージャーってかっこいいよねぇ」

かっこいい……？

甘い声を出す沙梨に、「お、おう」と答える。

アンタには今澤さんがいるでしょっ、と言えない、ヘタレの私。

それに、それに、湊さんは今、私の彼氏、なんだから――

この間まで、今澤さんのことが好きだったのに……湊さんに対して独占欲が芽生えている自分に驚く。

「湊マネージャー、人事部でも人気あるよ～。結衣の代わりにアシスタントになりたいって言ってる子、結構いるもん」

「へ～……。毎日罵声を浴びたいのかな……」

「あの厳しさがいいんじゃない」

「へえ……」

ノリについていけなくなってきたところで、沙梨が私の背後を見た。

振り返ると、遠くからでもわかるスタイルの良さとイケメン臭。

私の鬼上司が険しい表情で立っていた。

「湊マネージャー！　お疲れさまですッ」

「ああ。お疲れさま」

湊さんは普段どおりの淡白な対応だが、沙梨の目はハートになっている。

「三谷はまだ帰ってなかったのか」

「はい……」

苦笑いしながらちらりと湊さんを見ると、彼はビルのエントランスを振り返って言った。

「今澤なら、もう出てくると思うよ。お疲れさま。三谷、帰るぞ」

湊さんが私の背中をぽんと叩き、「行くぞ」と言う。

「……あ、はいっ。沙梨、ばいばいっ」

「え……あ、うん、お疲れ！」

沙梨を残し、先を行く湊さんを走るようにして追いかける。湊さんは足が長いし、歩くの速いし、全然立ち止まってくれないから息が切れてくる。

「み、湊さんっ……」

曲がり角を曲がったら、ようやく立ち止まってくれた。

はあはあと呼吸を荒くする私を、息をのむほど怖い顔をした湊さんが見下ろしてくる。

「え、なんですか……」

怒られる？　と身構えたら、大きな手でぎゅっと抱きしめてくれた。

「ど、どうしたんですか？」

「……いや。別に……」

あんなに怖い顔で優しく抱きしめるなんて反則っ……！

ドキドキを隠しながら、湊さんの胸の中でまったく関係のない質問を繰り出す。

「ご飯はどうしますか？」

私がカレーしか作れないことを、湊さんはご存じである。私が料理が苦手だという話は、営業部での鉄板のイジられネタだった。

「……お前は何食いたいんだ」

「焼き鳥……かな？」

湊さんは苦笑し、「じゃあ、行くか」と指と指を絡ませるようにして手を繋ぐ。不覚にもドキッとした。

こんな繋ぎ方をこの人とするなんて、少し前は考えられなかった。

「それにしても、焼き鳥好きだな。色気も何もねえ店なのに」

「それがいいんですよー。あったかくて」

自然体でいさせてくれるあのお店は、湊さんに教えてもらった。

私がたくさんお酒を呑める体質ならもっと楽しいんだろうけれど。

のれんをくぐって、カウンターに座って注文をし、レモンサワーとビールで乾杯する。前回来た時は、まさか付き合うことになるなんて思ってもいなかったのに。不思議な巡り合わせに感謝していたその時――

「結衣ー！」

背後から聞き慣れた甘いソプラノボイスが響き、次いでポンと肩が叩かれた。

いつものとおり、完璧に可愛らしく微笑む沙梨と……そして、その後ろには今澤さん――

「……さ、沙梨」

「お二人の姿が見えたので、ご一緒したいなと思って」

沙梨は、小首を傾げ、私と湊さんを見てにっこり。

今までこの手の提案を断られたことがないのだろう。沙梨は返事を待たず、湊さんの横の椅子にちょこんとバッグを置いた。逆に、今澤さんが「お邪魔じゃないかな」と気を遣っている。

私は複雑な思いを抱きながらちらりと湊さんの顔を見たが、ポーカーフェイスでどう感じているのかわからない。

「……四人ならテーブル席でいいんじゃねぇの。あっち空いてるし」

「わー！　うれしーい！　じゃあ、結衣、隣に座ろ？」

「う、うん」

急展開に戸惑いながら、店員さんに声をかけて、年季の入ったテーブル席に移動させてもらった。

壁際の席で、奥に湊さんと今澤さんが座り、湊さんの向かいに沙梨が、今澤さんの向かいに私が座る形になった。

沙梨はしきりに湊さんに話しかけている。そんなに実のある内容ではないが、話がまったく途切れない。今澤さんと私は所在なげになんとなく笑い合った。

ほら、沙梨。湊さんにばっかり話しかけてるから、今澤さん困ってるよー！

「お待ちどおさまー」

届いた串を手に取ってかぶりつく。焼きたての香ばしさと脂の乗った香りが鼻腔をくすぐる。

やっぱりここの焼き鳥は最高。具材が大きめなのもいいところだ。お腹も空いていたのでどんどん食べ進めていたら、沙梨が箸を使って串から肉を外し始めた。

「お前、それ取ったらありがたみねえだろ。そのまま食えよ」

湊さんが苦笑しながら沙梨に言う。

「えーっ。だって、喉の奥突きそうなんですもん。食べづらいし危ないかなって」

「三谷見てみろよ。このぐらい豪快に行けよ」

湊さんが私を指したせいで、大口を開けて串の横からワイルドに食らいついている私にみんなが一斉に注目する。

今澤さんも私を見てる……

「ちょっと、湊さん！　そんなこと褒められても嬉しくないですよ！」

反論すると、今澤さんと沙梨が笑った。

「ところで、湊マネージャーって、結衣とよく飲みに行くんですか？」

沙梨が湊さんにきらきらした瞳を向けて尋ねる。

「ま、直属だし、たまにはな」

あ……湊さん、隠した。もしかして、私が今澤さんのこと好きだって言ってたから、すぐに湊さんと付き合うの、外聞が悪いと思ってくれたのかな。

いかにも湊さんらしい気遣いに心の中で感謝しながら、レモンサワーのグラスに口をつける。

「それより、お前ら二人はどうなんだ。あんまり目立つようなことはやめてくれよ。周りが気を遣うんだからな」

湊さんの言葉に、今澤さんが小さくなる。自身の恋愛事情は隠しておいて、沙梨たちには釘を刺すあたり、なかなかの図太さだと思う。

その後は、それぞれの業務や共通の同僚の話題など、当たり障りのない会話をしてお開きとなった。

気がつくと、沙梨の足元が怪しいことになっている。

すっかり酔っ払って、この前の私と変わらないんじゃ……

「――大丈夫？　沙梨」

「ちょっとハイペースだったからね」

今澤さんが沙梨の腰を支えて、タクシーを拾おうとしている。

その触れ方を見て、二人は深い仲なのだということを痛感した。

「じゃあ、今澤。秋本をよろしくな」

湊さんはあっさりしたもので、今澤さんに沙梨を託すと、「三谷」と私を呼ぶ。

今澤さん、一人で送るのは大変だと思うけど、いいのかな……

少し気になったけれど、湊さんの目が怒っているような気がしたので、迷いを振り切る。

「今澤さん、また明日！」

二人にぺこりと礼をして、湊さんのもとへ走った。

「とんだ邪魔が入ったな」

湊さんが小声で言いながら舌打ちをした。悪い顔にすっかり豹変……。そんな横顔を見て、思わず笑う。

「……何見てんだよ」

湊さんは、悪い顔のまま私を睨む。精悍《せいかん》で端整な顔で凄《すご》まれると、やはり迫力があって、う……と一歩下がった。

「見てませんよ……」

思いっきり見ていたくせに、嘘をつく私。

沙梨の世話を焼く今澤さんの姿には、やっぱり二人は付き合っているんだなと実感させられたけど……そのことよりも、湊さんまで沙梨の可愛らしさに惹かれてたら寂しいな、なんて感情が湧いてくる。

「元気ねえな。疲れたか？」

ぐしゃりと頭を撫でられ、道端で抱き寄せられた。もうすぐ日付が変わりそうな時刻。あたりに人の姿はないけれど、こんなところでいちゃいちゃするのは気が引ける。

「こっち向けよ」

「そういえば湊さん……私のこと、食いしん坊扱いしてましたよね」

「ちまちま食う女よりいいだろ」

そ、そう？　笑いものにされた気がしていたのだけれど。あれはいい意味だった？

「それより、お前も今澤と見つめ合って笑ってただろ」

「それは——」

言い訳をしようとしたのに、湊さんの熱い口づけが答えさせてくれなかった。

「ん……んふっ……み、湊さん……」

息ができない。

奥へ、奥へと湊さんが進み、口内が湊さんで満たされて、立っていられない。湊さんは私の腰を引き寄せて、ねっとりと味わうようにキスしていて。

湊さんに嫉妬されているのが嬉しくて、何もかも捧げたくなる。

「――お前な。俺以外の男に、可愛い顔見せるんじゃねえよ」

「……えっ……」

「今日は寝かさねえからな。妬《や》かせやがって」

耳元で言ったかと思うと、突然腕をぱっと離し、湊さんは歩き出す。

「……ま、待ってくださいっ」

ぱたぱたと追いかけると、湊さんは怒った顔をしつつも私の指に長く美しい指を絡ませた。

湊さん……

私……今澤さんのこと、本当に忘れられるかもしれない。

湊さんのマンションに着くと、何度か愛し合ったベッドに連れていかれて剥《む》かれるように服を脱がされた。

湊さんのジャケットが雑に置かれるのを、ベッドに横たわりながら見る。

「やっぱり今澤が気になる？」

しゅるしゅると外したネクタイをジャケットの上に放り、ベッドを軋《きし》ませて湊さんが私の上に覆《おお》いかぶさる。

「……気になるというか……もう、沙梨の彼氏、ですし」

「気になってんじゃねえか。あー、イラつく……」

「あッ」

ブラジャーを両手でぐいと上げると、湊さんは現れた小さな果実にすぐに口をつける。そして舌でれろりと転がし、私の表情を確かめた。

「こんなこと、今澤にさせんなよ」

「させませんよっ、ていうか、そんな仲になりませんっ」

「……そうかな」

「え？　――あッ」

湊さんの手が、私の下腹部を包む薄いブルーの布の中に忍び込み、擽《くすぐ》るように動く。

「あっ、やっ、くすぐったいですっ……」

お尻を振って逃れようとしたら、勢いよく下着を引き下ろされた。そして、片足を強い力で高く上げさせられる。湊さんの眼前に晒《さら》された女の部分を急いで片手で隠す。私が慌てている様子を見て、湊さんは意地悪く口角を上げた。

「こういうの好きだろ。大人しく任せろ。優しくしてやるから」

ああ……

見事なツンデレだなあ。

今日は会社であんなに怒ってたのに。

湊さんの指で左右に秘密が開かれる。蜜が溢《あふ》れた花びらに彼の吐息がかかると、目いっぱい広げられている状況を嫌でも自覚してしまう。暴かれた花蕾を見つめる湊さんに、たまらず懇願した。

「やっ……、そんなところ、じっと見ないでください……」

「ああ。見られるだけじゃ物足りないよな？」

「ちがいます……っ、そんな意味じゃなくて、あっ」

震える肉芽にキスされ、体中に電気が走ったような衝撃を感じてのけ反った。

「あぁんっ、あぁ」

優しく、濃厚に舐められて。

この先、湊さんなしじゃいられないんじゃないかと思うぐらい、その舌は優しく愛撫を施してくる。小粒なしこりがねっとりと舌で包まれ、時にはれろれろとさすられ、その刺激で私の膝が痙攣《けいれん》する。快感に体を捩《よじ》っても、膝ががくがく震えても、湊さんは放そうとせず、陰核にじっくりと濃厚なキスを続ける。

体の奥のほうに悦楽の熱が溜まる。あられもない声を上げて、髪を振り乱したいのに、快楽が強すぎてただ耐えることしかできない。気がつけば透明な愛液が太ももを伝って、シーツまで濡らしていた。

「き、キモチいいですッ、湊さん……」

「……そうか。俺も興奮してる」

ようやく足を放してくれた。そして湊さんはすべてを脱ぎ捨て、そそり立った自身の熱杭を上下に扱き始めた。自分の屹立を扱く姿に驚いたが、あまりにも艶《つや》っぽくて見惚れてしまう。

こんな極上の男の、こんな姿——

「止まらねえな。結衣のここは……。どんどん垂れてくる」

湊さんは熱杭を握りながら私の襞《ひだ》に手を伸ばした。先ほどの愛撫により蜜が溢《あふ》れているのは一目《いちもく》瞭然《りょうぜん》だ。湊さんの中指がするりと肉襞を掻《か》き分けて入ってくる。

少し掻《か》き回されただけでちゅぷりと卑猥な音がして、恥ずかしくてたまらなかった。

「すごいな……どうなってんの。そんなに弄《いじ》られるの気持ちいいのか？」

「ん、んーっ！」

軽く掻《か》き回され、花蕾を指先で弾かれる。ビクンと体が跳ねてさらにシーツを濡らした。

いよいよ湊さんは上体を起こし、ヘッドボードから出した小さなパックを開け、自分の男に極薄の隔《へだ》たりをあてがった。

湊さんの視線が私の瞳を貫く。次の瞬間、大きく広げられた私の秘部に湊さんの怒張が押し入ってきた。たっぷりの蜜で潤《うるお》っているはずなのに、圧迫感がすごい。みちみちと中を掻《か》き分け、ゆっくりと奥まで到達した時、たまらずのけ反ってしまった。奥に当たって少し苦しい。

湊さんの律動に合わせて、私の中が蠢《うごめ》く。視線を交えたまま、お互いの体が大きく揺れる。

時折熱く滾《たぎ》った屹立が私の奥をぐりぐりと擦る。

「あっ、湊さんっ……そこ……」

「いいんだろ。知ってるよ。お前の体は全部」

「いや……」

耳元で囁《ささや》かれ、耳たぶを甘く噛まれた。快感が体中に充満して、びくりと震える。湊さんの唇が首筋を辿り、乳房の先端に口づけられる。

「は……ぁ」

愛しさで胸がいっぱいになり、乳房に愛撫している湊さんを抱きしめた。

「……気持ちいいんだな」

湊さんはそう言うと、満足げに微笑み、私の足を捕まえた。

「やっ、いやですー！」

足先にキスをされる。嫌がっても放してくれず、慈《いつく》しむように舐め尽くされる。湊さんは足フェチなんだろうか、恥ずかしすぎてたまらない。

「湊さんっ……」

「きれいな足だな」

「っ……」

足が自由になったかと思うと、再び湊さんの律動で体が揺れる。甘いキスを落とされながら、胸の先を親指と人差し指できゅうっとつままれた。

「っ！」

ビクンと体を震わせた私の首筋を、湊さんが甘噛みする。獲物をしとめた肉食動物のように。そして、低い声で囁《ささや》いた。

「結衣。……名前で呼んで」

「えっ……名前……？」

「そうだよ。いつまで名字で呼ぶつもりだ？　お前が俺の名前を知らないはずないだろ？」

それはそうだけど……

荒い息の中、私は小さく答えた。

「そ、蒼佑さん……？」

すると、湊さんはぐっと唇を噛みしめ、私の腰を掴んだ。そしてスイッチが入ったかのように荒々しく私に覆《おお》いかぶさる。

「……クソっ、結衣、もう無理だっ……」

「あああああっ、蒼佑さん……っ！」

強く抱きしめられながら、ベッドを大きく軋《きし》ませて奥を求められる。興奮しきった怒張で甘く激しく突き上げられ、中がぎゅうと締まった。薄い膜の中で彼の白濁が暴発する。

湊さんが、肩で息をしながら私を抱きしめる。

「好きだ」

髪に、鎖骨にもキスが降ってくる。愛しさが溢《あふ》れそうになって抱きしめ返した。

私も湊さんが……好きだ。

そうして、どちらからともなく見つめ合う。

「蒼佑さんって呼ぶの、照れますね」

すると、湊さんは少し照れたように頭を掻《か》いた。あの湊さんが照れるなんて……

「ずっとそう呼んで。……俺は結衣の彼氏なんだから」

「ふふ。はい……」

「結衣」

後ろから抱きしめられ――やわやわと両胸に触られ、その先端を指で転がされ始める。敏感になりすぎた体は、簡単に反応する。

「あっ、やめてください……」

力が入らない……

少しだけ開かれている膝の間に手が滑り込んできて、先ほどまで彼の勃起を収めていた小さな蜜口に指がめり込んでいく。掻《か》き回され、くちゅくちゅと音がした。

「み、湊さん……」

「蒼佑、だろ」

「ふああっ……」

ぬるついて柔らかくなっている肉の中を、湊さんの指が蠢《うごめ》く。

「足、開いてろ」

「はい……」

自分の膝を自らの手で支えて、震えながら秘密を開帳した。

さっきのセックスの名残りの蜜が纏《まと》わりついているはずだ。湊さんは顔を寄せ、至近距離でそこを観察する。

「舐めてやる」

湊さんが、滴《したた》り落ちるとろりとした蜜を、まるで甘露を味わうかのように舐める。皮を剥《む》かれ、現れたぷくりとした蕾を大切そうに舌で転がし――

もう、もう――

「あっ、い、いっちゃう……っ」

唇を噛みしめながら湊さんの眼前で絶頂に達すると、彼は色香を漂わせ、満足げに微笑んだ。

SIDE　湊蒼佑

「湊さんっ……私、三年も好きだったんですよっ……！　沙梨もそのこと知ってたくせに、ひどくないですか……！」

直属の部下である三谷結衣が、人目も気にせず、俺――湊蒼佑の目の前で泣き喚いた時、正直チャンスだと思わなかったと言ったら嘘になる。

泣いている三谷には悪いが、ずっとこいつのことを好きだった俺からすれば、天が与えてくれた幸運のようにも思えた。

しかし、いくらここが騒がしい店だとはいえ、少しは周りを気にしないものか。

ほら、隣のサラリーマン二人組も、何事かとこちらを見ている。

こいつが、普段はあまり感情的な振る舞いをしないほうだというのは知っている。

なのに、今澤に女ができただけで、こんなに泣くとは……

柔和な性格の今澤。仕事はまあまあ優秀だが、あまり冒険心はないやつだ。ああいうのがタイプだったとはな。近くにいたけど、三谷が今澤を好きだとはまったく気づかなかった。

「泣くなよ、鬱陶《うっとう》しいな」

「どうせ、みんな沙梨みたいな子がいいんですよね。私、背も高いし、なんなら今澤さんと同じぐらいだしっ……」

自慢じゃないがわりと厚顔であるはずのこの俺が、いよいよ周りの目に耐えられなくなり、店を出たのが終電真近。

「おい。しっかり歩け」

「ぐすっ……」

酔っ払い女は、しなだれかかるように俺に身を預けていた。

こいつは、失恋して、今ドン底なのかもしれないが、俺にとっては――

「湊さん……」

「一人で帰れるか」

「帰りませんよっ！」

「じゃあどうすんだ」

「湊さん、朝まで付き合ってくださいよ」

「そんな若くねえわ」

どんどんタチが悪くなっていく三谷を抱えるようにして歩く。すると、目が覚めるような派手派手しいネオンカラーが瞬《またた》いているホテルの前で三谷がいきなり足を止めた。

「湊さん、入りましょうよっ」

カフェかなにかに誘うノリで、男をラブホテルに誘う三谷に絶句する。

「はあ？　入って何すんだよ」

「何って、セックスに決まってるじゃないですか！　……むぐっ」

「声量下げろ。うるせーんだよ！」

なんだ、コイツは。

やる気なのか、この野郎。

俺がずっとお前のことを好きだったのを知っていて、試しているのか？

仕事では信頼関係を築けている実感はあったが、男としては意識されていなかったはずだ。そんな状況での「セックスに決まってる」発言に眩暈《めまい》がした。

三谷は、俺が昇進試験に受かり、念願のマネージャーになった年に入社し、俺の初めての専属アシスタントとして営業部にやってきた。一見クールな雰囲気で冷たい印象を受けるのだが、一緒に仕事をしているうちにそうではないことがわかってきた。

俺の仕事の仕方や性格をよく観察し、的確にアシスタント業務をこなすし、嬉しい時は無邪気に喜び、失敗した時にしょんぼりするなど感情を素直に表すから見ていて飽きない。受注が取れたら俺以上に喜んで、うまくいかなかったら俺以上に落ち込んで。三谷がアシスタントになったことで、仕事において初めて味方ができたような気がして――気がつけば、俺にとって三谷は誰よりも特別な存在になっていた。

「本当に抱くぞ、てめえ……」

独り言に近い俺の呟きを聞き取った酔っ払いは、急にしおらしい顔で、

「湊さんなら、いいです……」

と言って俺の胸に頬を当てた。

その瞬間、欲情のスイッチが入ってしまった。

家に連れ込むと、玄関で三谷の唇を奪った。立っていられないぐらいのディープキスを交わし、彼女が逃れようとしても、肩を抱き寄せて再び舌を入れた。

すらりとしたスタイルに、細い肩。儚《はかな》げな鎖骨。少し気の強そうな瞳に、亜麻色のストレートヘアをサイドで纏《まと》めている。キャピキャピした女が苦手な俺は、三谷のルックスも好みだった。

「湊さん、苦しい……っ」

逃がさない。

せっかく俺の腕の中にいるんだ。

失恋につけこむずるい男でもいい。

俺も……ずっと、好きだった。

「あ、シャワー……」

「そのままでいいよ」

シャワーを浴びさせる時間も惜しくて、廊下で三谷の衣服をすべて剥《は》ぎ、ベッドルームへ誘った。

胸も尻も、足も……何もかも、きれいだと思った。

官能的なピンク色をした乳首。触ると、吸いついてくるような白い肌。膝下が長い、美しい足。ストッキングを脱がせて、足指を口に含んだ。

「あッ！　嫌ですっ、それはっ」

「いいから、じっとしてろ」

逃げ惑う足をねっとりと舐め回し、次いでふくらはぎに舌を滑らせ内ももを堪能する。

「あ、あっ、湊さん……！」

薄いヘアが頼りなく守る秘部を、三谷は両手で隠すようにして押さえている。

「見せて。大丈夫だから。きれいだよ。本当に」

「本当……？」

「本当。俺の言うことが信じられない？」

三谷の手が緩んだ隙に、そこに舌を沈めていった。三谷は白く細い手で力なく遮《さえぎ》ろうとするが、それがまたそそられる。

「あっ……！　私、もう何年もしてなくてっ……。今まで、片手で数えるぐらいしか、エッチしたことなくて……」

「へえ。じゃあ、優しくするよ。痛くないように――な」

舌でべろりと秘穴を舐め回す。

「ひあッ……」

三谷は長い足を折りたたみ、少女のような表情で、快感を味わっていた。

あまり、慣れていないのか。

それはそれで、初めての男に妬《や》けてしまうが、こいつのセカンドバージンがもらえるならと、俺は、今まで一番といっていいほど、優しく丁寧に指と舌で解した。

「痛くないか？」

「は、はい……ッ」

なんとか指二本が入った。ゆっくりと動かすと、三谷は眉間に皺《しわ》を寄せて震える。

うつぶせにさせた三谷の後ろから、俺は彼女を指で支配し、首筋から背中に舌を這《は》わせた。

「んんッ……だ、だめです、それ……」

そう言って三谷は俺の腕にしがみつく。背中が感じるみたいだな。

三谷は快感から逃れるように腰を振る。白く柔らかな双丘が俺の灼熱《しゃくねつ》を容赦なく刺激した。

くっ……このまま突っ込みてえ。

「湊さん……湊さん……」

俺を呼ぶ三谷の甘い声に、ずっと抱いてきた想いを煽られ、ぐっと胸が詰まる。

よく濡れているし、痛くはないはずだ。くちゅくちゅと音が立ち始めた頃には、俺も理性が決壊して突っ込みたくなった。が、なんとか堪えて指に集中する。

「み、湊さん……もう、やめて」

「痛いのか？」

「違います、なんか、なんか出ちゃう……！」

次第に水音は激しくなり、三谷は行き場を探すように体を捩《よじ》り――艶《なま》めかしい肢体は突然、びくんと波打った。

その瞬間、ショワ……と、生暖かいものが俺の手を濡らす。

どうやら、エクスタシーのあと、潮を吹いたようだ。

「三谷。気持ち良かったのか？」

ぐったりとベッドの上で動かない三谷の髪を、潮のかかっていない手で撫でる。快感の余韻の中にいる三谷の横顔を見ながら、耐えきれずに打ち明けた。

「こんな時に言うのもなんだが……前から好きだった」

柄にもなく、心臓の鼓動がうるさい。女を口説くのも久しぶりだ。

三谷の次の言葉を待つが、聞こえてきたのは――

「………ぐー……」

「え？」

三谷は、電池が切れたかのように眠りに落ちていて、俺の告白は虚《むな》しくも独り言として空に消えた。

こいつ……どんだけ自由なんだ。

若干、酔っ払いに振り回された気もするが、無防備な三谷を見ていると、何もかもを自分のものにしたいという願望が渦巻く。奔放《ほんぽう》に手足を投げ出し、すうすうと寝息を立てる愛しい女の、少し開かれている唇を指で辿る。

「……なんで今澤なんだよ。最初から俺にしとけばいいのに」

俺はゆっくりと体を屈めて、彼女の唇にキスをした。

翌朝、記憶をなくした三谷を口説き落とし、なんとか付き合うことができるようになった。

今澤のことなんて俺が忘れさせてみせる。

SIDE　秋本沙梨

同期の結衣が好きだった営業部の今澤さんと付き合うことになって一週間。私――秋本沙梨は、結衣と一緒にいる湊マネージャーを見て、悪い癖が出そうになっていることを自覚していた。

学生時代、私はある理由で親しい友達がいなかった。

結衣はそんな私とも普通に接してくれる、さっぱりとしたいい子だ。中肉中背の私とは違い、スラリと背も高く、スタイルもいい。同期の中では仕事もできるほうで、だからこそ鬼の異名を取る湊マネージャーと働けているんだと思う。

結衣がずっと今澤さんを好きなことは知っていた。

私は断然湊マネージャーがいいけど、あの人はスペックが高すぎて、ちょっとやそっとじゃ近づけない。だからさほど仲良くもない人事部メンバーと一緒に、アイドルを見る気分でキャーキャー言うのがちょうどいいのかなと思っていた。


二週間ほど前。

「今澤さんっ」

「これからお昼?」

私と結衣が仲のいいことを知っている今澤さんは、私ににっこり対応してくれる。

「はい！　あの……今夜飲みに行きませんか?」

「え……?」

「ちょっと相談したいことがあって……」

先に誘ったのは私。もちろん、相談事なんて特にない。

今澤さんはそれほど乗り気ではなかったけど、こういうタイプは押しに弱いので、ガンガン押した。

大胆にも社内メールで約束を取り付け、ムードのある個室居酒屋に行って……

「今澤さんって、彼女いますか?」

「えっ。何、急に……」

わ、赤面してる。可愛ーい。

結衣は今澤さんのこういうピュアさがいいと思ったのかな?　この反応は母性本能が擽《くすぐ》られる。

きゅっと腕に抱きついてみた。むぎゅっと当てた胸に気づいたのか、今澤さんは途端にこちらを見なくなった。

「ずっと好きだったんです。私を彼女にしてくれませんか……？」

今澤さんは、視線を泳がせたあと、ちらりと私を見る。

ふふ。その顔、悪くない反応だ。

「私じゃダメですか？」

「いや、だめじゃないけど、……モテるでしょ、秋本さん」

「だって……今澤さんがいいんだもん」

戸惑う彼の頬に手を添えて、唇を奪う。

「あ、秋本さん……マズイよ」

そっとグレーのスラックスに手を伸ばすとそこは大きく主張していた。そのままファスナーを下ろす。すりすりと指先でボクサーブリーフをさすり、彼の唇を甘く噛んだら、「だめだって……！」と引き離されてしまった。

「ごめんなさい。私、酔ってて……でも、好きじゃない人にこんなこと、しません……」

あとは潤ませた瞳で訴えれば、だいたい落ちる。

「本当にいいの？　俺で……」

上目遣いのままコクンと頷くと、今澤さんはごくりと喉を鳴らした。私は心の中でガッツポーズ。

今澤さんとは、このあとラブホに直行した。

学生時代、私に友達がいなかった理由。

それは、友達の彼氏や好きな人を盗《と》るのが楽しくて楽しくてやめられないからだ。

ラブホに着いてキス。目を閉じたらすぐにチュッとしてくれた。

可愛いキスをねっとりと舌を絡ませるようなものに変えて私は彼をベッドに誘い込み、Ｄカップの胸を押しつけながら、甘い声を出してキスをせがんだ。

「はあ……秋本さん……」

「沙梨って呼んで？」

「……うっ」

今澤さんのスラックスの上から、股間をすりすりさわさわ。さすがもうカチカチだ。私はベルトに手をかけた。

「ちょっと待って……ううっ……」

待ってと言いながらも腰を上げてくれたので、スラックスとボクサーブリーフを脱がして床に投げる。

「今澤さんの……おっきい」

今澤さん、上半身はシャツ、下半身は靴下だけの情けない姿となっている。私も服を脱いでブラとショーツとストッキング姿になり、上体を低くして、投げ出された両足の間を雌豹《めひょう》の如く、腰をしならせ近づいた。

赤黒いそれの先には、透明の滴《しずく》がもう……

いただきまーす。

「あ、汚いよ……！」

はむっと咥え、舌先で滴《しずく》をすくい取った。チロチロと動かしたあとは、限界まで呑み込む。一日働いた濃い男の匂いがした。

目線だけちろりと今澤さんに向ける。

すると、「ああ……」と、興奮しきった溜息が聞こえてきて、私は安心して顔を上下に揺らした。顔を揺らすたびに水音がする。今澤さんの微かな喘ぎ声付き。

意外と太くて嬉しい。顎《あご》外れちゃうかも。

挿《い》れたら、キモチよさそう。でも、ピストン下手そうだなー。勝手なイメージだけど。

でも、優しい人なんだろうな……

大体の男は、私から迫ると、童貞じゃない限りすぐ私のおっぱいを揉んだり、パイ○リリクエストしてきたり、舐めたり弄《いじ》ったり、やりたい放題してくるのに。

口から今澤さんを外し、にっこりと微笑んだら、今澤さんは「女の子にこんなことさせてごめんね」と言って、私の頭を優しく撫でた。

え？

こんなことって。

口でするぐらい、フツーじゃないの？

「シャワーも浴びずにごめんね。嫌じゃなかった？」

なでなでは続く。私は、シャワーなしのセックスも別に嫌じゃない。

ああ、そうか。今澤さんは潔癖なのか。

「私は嫌じゃないよ。今澤さんはシャワーなしは嫌なんだね。ごめんなさい」

私がベッドから降りようとしたら、「俺じゃないよ。秋本さんを心配しただけだから」と言って手首を引き寄せられた。

「ありがと。今澤さん……」

今澤さんはストッキングをはいたままの私をベッドに座らせ、恥骨あたりにキスをした。

「くすぐったい……」

すると、今澤さんがパンストの上からぺろりと舐めてくる。じっと私を見つめて、少し微笑んで。

「俺が舐めたら下着汚れちゃうかな。でも、お返しにしてあげたい。いい？」

「あ……っ」

ストッキングの上で舌が蠢《うごめ》いている。それがちょうどいいところに当たってビンビン刺激がくる。布の上というもどかしさもたまらない。

その後は下着とストッキングを慣れた手つきでするりと脱がされて、ブラジャーだけ着けたまま、秘密を全面に開かされた。

「きれいだね」

今澤さんは、剥《む》き出しになったその中心に、躊躇《ちゅうちょ》なく吸いつく。

う、嘘。この人上手い？

触り方が優しいから、焦《じ》らされているかのようで、膝を閉じてしまいそうになる。

「……だめだよ、秋本さん。ちゃんと開いてて？」

今澤さんは舌を埋めたまま、茂みに這《は》わせた親指でそうっと花芽を剥《む》き、細かくソフトにその指を往復させる。

あ、だめ、これ……すぐイカされちゃう。

「あ、やだ……今澤さん、だめだめ、ダメ——」

親指はまったく止まらない。ぴちょぴちょと仔猫がミルクを飲むような音も絶え間なく響く。こんな可愛らしい愛撫で、絶頂に引き上げられるなんて。

「いいよ……イって？」

「んくぅっ………ああっ……」

キュンと締まって、緩やかに収縮を繰り返す。私は今澤さんの顔の前であっけなく達してしまったのだった。

「はあ……今澤さん、上手なんですね……」

白いベッドの上にころりと横たわる。今澤さんは私の隣に座り、ふふっと笑うだけだった。

その後も、バスルームで一発、ベッドで二発。ひと眠りしてもう二発。顔に似合わず絶倫系男子の今澤さんに、私は何度もイカされて、最後はヒリヒリするほどだった。

「もうすぐ始発だね。一度着替えに帰る？」

今澤さんに尋ねられて、私はもそもそと布団から出た。

「そうですね、同じ服じゃ出社できないし――……あんっ」

一糸纏《まと》わぬ私の体に伸しかかり、両足を折り畳んだままこれ以上ないほど開かされ、蛙のような格好にさせられる。

「してあげる。好きでしょ。秋本さんすぐいっちゃうもんね」

今澤さんは、奉仕をしてくれながらも私を言葉で嬲《なぶ》り辱《はずかし》める。少しSっ気があるようだ。

「な、名前で呼んでください。こんなことしてるのに、名字は嫌……」

「……沙梨は、エッチだね」

「あ、あぁ……だめ、いっちゃうっ……」

「あ、ヒクヒクしてるよ。沙梨の×××」

突起に吸いつきながら、今澤さんは、笑顔ではっきりと四文字を言う。

「あああっ……！」

体を震わせ、私は昨夜から何回迎えたかわからないエクスタシーを味わっていた。

今日出社したら、結衣に伝えに行こう。

私が今澤さんと付き合うことになったって聞いたら、結衣はどんな顔をするのかな？

そんなことを考えていると、今澤さんの律動が激しくなってきた。

「イクよ、沙梨……」

「うんっ、私も、イクっ……」

舌を絡ませ合いながら、今澤さんが短く呻く。私は精を放っている今澤さんに抱き着き、彼の背中に爪を立てた。

そうやって手に入れた今澤さんだけど、やっぱり湊マネージャーと比べると、ちょっと物足りない気がする。結衣が湊マネージャーと親しくしているのを見たら、その思いはますます強くなっていった。

SIDE　今澤瑞樹

俺は営業一課チーフ、今澤瑞樹。

一週間前、二期後輩である、人事部の秋本さんに言い寄られた。

どういうわけか二人で飲みに行って、あれよあれよという間に二人でラブホにいた。

本当に突然のことだったのでびっくりしたが、据え膳食わぬは男の恥ということで、……しっかりと食ったところだ。

俺には、ずっと好きな子がいた。

同じ営業部チームの後輩、三谷結衣。

男でも恐れる湊マネージャーに付いていて、仕事ができる彼女。そして、一見お高く止まっていそうな風貌なのだが、実は多少抜けているところもあり——要は、ギャップ萌えしてしまったというわけだ。

ツンとした彼女がたまに見せる無防備な瞬間。キャビネットの上方に置かれたファイルを取っている時の、形のいい尻に、適度にむちりとした太もも。

コーヒーを差し入れると、冷たい仮面が取れて、ふにゃっと微笑んでくれる。

そんな彼女を見ていると、なんというか……もっと、他のやつの知らない、三谷さんの顔が見たくなるわけで。

だというのに、俺は秋本さんの色仕掛けに負けてしまった。

秋本さんは、俺ら営業部内でもアイドル級人気を誇る。メインじゃないキャラのほうが好きな俺には、恐れ多いというか、王道すぎて正直あまり惹かれるものもなく。可愛いんだけど……俺、そんなに巨乳フェチでもないしなぁ。

俺は基本、ツンとしている子が好きだ。

日曜朝の幼児向け魔法少女アニメ番組で例えると、紫の髪色のクール系キャラが好き。シリーズが変わっても、俺は毎回必ずクール系推し。……あ、誤解しないでくれ。姪っ子の影響で、少し一緒に観ただけだ。けっして趣味としているわけではないとここで断言したい。

三谷さんには何度かアタックしていたが、わりと鈍いのか彼女はちっとも気づいてくれなかった。

それに、これは俺の勘だが——湊さんが三谷さんを、時折いやらしい目で見ているような気がする。

このことに他のやつらは気づいていないが……湊さんがあれだけ三谷さんを叱り飛ばすのは何か

のカモフラージュか？　それとも、好きな子をいじめてしまうタイプ？　とにかく、見ていてどこか不自然さを感じるのだ。

しかしどういった理由にせよ、湊さんがライバルとあっては太刀打ちできない。

高身長、高学歴、エリート街道真っしぐら。我が社のイケメンと言えば、満場一致で湊さん。イケメンの代名詞。まあ、本人は恐ろしく口が悪いが。

三谷さんのことが好きだけど、湊さんが狙っているのなら勝ち目はないと半ば諦めていた。そんな時に秋本さんと関係を持って。

秋本さんに言い寄られて喜ぶ男は多数いるだろうに、今まさに付き合い始めるような空気になってしまっているのに、俺は踏ん切りがつかないでいた。——今も、秋本さんの豊満すぎる尻を鷲《わし》掴《づか》みにし、彼女の秘部を勃ち上がった怒張で後ろから突いているというのに。

「あ、ああっ、最高っ……」

秋本さんは、これ以上ないぐらい乱れて悦《よろこ》んでくれている。

昔々、大学生の頃。俺は緊張のあまり初体験で勃起せず、それ以降本当に好きな相手の前ではたびたび勃起不全に陥《おちい》ってしまうようになった。そのためセックスについては自信がなく……

そんなトラウマを抱える俺だが、秋本さんには何回でも勃つし、好きなように弄《いじ》っても反応よく喘いでくれる。このぐらい軽い気持ちのほうが、セックスも気後《きおく》れしない。

——この相手が三谷さんだったらなあ……と恋焦がれる彼女を思いながら違う女に腰を振る俺は、人間として最悪なのかもしれない……

第二章

「結衣。来週の出張、同行するか？」

「蒼佑さんと一緒に出張ですか？　行きたいです！」

蒼佑さんはふっと表情を緩めて煙草《たばこ》を取り出した。

部屋の中では吸わない主義らしく、大きな窓を開けて広いバルコニーへ出る。

追いかけると、彼はしなやかで美しい背中を少し丸め、風を避けてライターをカチカチと鳴らしていた。

「当初は今澤と行く予定だったんだけど。昨日あいつに社内研修のコーチ依頼が来たから、そっちに行かせる」

「社内研修……」

社内スキルアップ研修。

キャリア何年かごとに、辺鄙《へんぴ》……もとい、のどかな保養所に一泊して受ける研修だ。各部署からランダムにコーチが選ばれて、研修対象生たちと同じように現地に泊まって後輩指導をする。そして、その研修は沙梨が所属する、人材育成課がおこなう。

沙梨が今澤さんをコーチとして選出したのかな……

そして、夜はお互いの部屋を行き来したり……？

なんて楽しそうな……。いや、もう、今澤さんに未練は……

「いっ⁉」

蒼佑さんが突然ほっぺをつねってきた。

痛くはないけれど、蒼佑さんの顔がものすごく怖い！

「な、なにするんれすかっ」

「フン」

ぺっと外されたので、自分で頬をさする。

まあ、この粗暴さはいつもどおりの蒼佑さんなのでそんなに驚かないが、ラブモードとの差が激しすぎる。

そして小さく溜息をつく蒼佑さん。

「何か、お困りごとでも……」

「お前に困ってるわ」

「えぇ？　そりゃあ、蒼佑さんの歴代の彼女さんとは格差があるかもしれませんけど……胸ないし、美人じゃないし……」

言ってて悲しくなってきた。

「バカじゃねーの。お前がどうやったら俺だけを見るようになるのか考えて、困ってんだよ。他の男のこと考えんな」

骨ばった長く美しい指が小さな缶に煙草《たばこ》を押しつける。煙が途絶えるのを見ていたら、「バーカ」とダメ押しのような一言に見舞われた。

「な、何度もバカって言わないでください……」

「出張、すげー楽しみになってきた」

蒼佑さん、楽しみなんだ……。私と出張することが……

横顔からだけでも嬉しそうなのが伝わってきて、私は顔がにやけてしまうのを隠すように俯《うつむ》いた。

優しい蒼佑さんには、まだ完全には慣れない。

「出張先で朝まで抱いてやる」

「やんっ」

意地悪するように耳を舐められて、慌てて蒼佑さんから離れた。蒼佑さんは「エロい声」と笑っている。

笑顔にきゅんっとしちゃって、普通にしてられない。

怖くて怯えることにはある意味慣れているけれど、優しくされたら、ドキドキして落ち着かない。

「シャワー浴びて寝よう。おいで」

私のドキドキなんて気づいていない蒼佑さんは、私に手を差し伸べて部屋に誘《いざな》ってくれた。

こんなに素敵な人が、なぜ私を好きなんだろう？

なんだか全然釣り合っていない気がする。

翌日。

始業前、デスクに着くと、草刈《くさかり》人事部長が蒼佑さんと何やら話していた。

「俺ですか？　今澤で決定してたんでしょう？」

「そうなんだけどね。今回の研修受講生は営業志望が多いようだから、湊君ぐらいキャリアがあるほうが適任かと思ってね」

そこに、小南《こみなみ》営業部長も、のしのしと現れる。

「草刈さん、構いませんよ。望月《もちづき》ホールディングスの打ち合わせだったら、今澤君に三谷さんをつければ大丈夫だろう。湊も、時には社内に貢献しなさい。ハッハッハッ」

昨夜、話していた社内スキルアップ研修のコーチの件のようだ。どうやら、営業部からは今澤さんが出るはずだったのに、蒼佑さんが行く風向きになっているらしい。小南部長も蒼佑さんを研修に行かせる気満々で、蒼佑さんは完全に劣勢。

そわそわしながら見ていたが、結局、草刈人事部長がガッツポーズする形で決着がついた。

蒼佑さんの顔、怖すぎてモザイクかけなきゃいけないかもしれない。

部長たちが去ったのを見計らって蒼佑さんに声をかける。

「あの、湊さ……」

「……ちょっと煙草《たばこ》行ってくるわ」

「ハ、ハイ」

凄まじい威圧感に後ずさってしまった。煙草《たばこ》についていくべきか、どうしよう……

そこでドアが開き、タイミング悪く今澤さんが出勤してきた。

「あっ！　湊さん！　おはようございます」

何も知らない今澤さんは、柔和な笑顔を見せる。

「お前なぁ!!　早くマネージャーになれよな!!」

「えっ？」

今澤さんは半ば呆然として、荒くれながら出ていく蒼佑さんの背中を見送る。

「どしたの、湊さん……」

「あはは……」

出張、どうなるんだろう……。昨夜のウキウキから一転、不安を抱きながら仕事を始めることになった。


数時間後。

「——じゃあ、その日は駅で待ち合わせしようか。改札前で待ってるから」

「はいっ」

今澤さんの手には望月ホールディングス向けの提案書諸々。

結局私は、今澤さんと出張に行くことになった。新幹線で三時間。夜には懇親会のようなものもあるようだ。

蒼佑さんは煙草《たばこ》から帰ってきてからは、イライラすることもなく冷静だった。煙草《たばこ》が切り替えグッズになっているのかもしれない。

でも……今澤さんの代わりに、蒼佑さんがスキルアップ研修に行くのか……

研修地になる保養所は望月ホールディングスとは逆方向にある。

沙梨はおそらく研修手伝いとして行くんだろうな。なんか、よくない予感が……

「おい、三谷。出張の決裁上げとけ。昼飯のあとでいいから。俺の分も頼む」

「あ、はいっ」

蒼佑さんは、ジャケットを羽織りながら小南部長たちとオフィスを出ていった。

もうお昼か。私もそろそろ行こうかなぁと考えながらパソコンを閉じると、今澤さんに声をかけられた。

「三谷さんもお昼？　よかったら一緒に行かない？」

「いいんですか？」

「三谷さんがよければ。ついでに出張の打ち合わせもしない？　僕、今日は昼から客先行かなきゃいけないし」

「あ、いいですね、打ち合わせ。しましょう！」

ランチ中に打ち合わせが済んだら時間短縮にもなるよね。

そうして私と今澤さんはオフィスからほど近いビルにある定食屋さんに向かった。

「いらっしゃいませー。何名様ですかー」

「二人です」

今澤さんの後ろについて席に向かっていると、奥のほうの席の人たちからの視線を感じた。恰幅のいい人に、ダンディーな人に、アイドルっぽい女性に、イケメンに……って、最後のイケメンは蒼佑さんじゃん！

小南営業部長、草刈人事部長、沙梨、そして蒼佑さんだ。私と今澤さんに気づいてにこやかに会《え》釈《しゃく》をしてくれた。但《ただ》し、蒼佑さんだけは笑っていない。

「湊さんたち、研修の打ち合わせかな？」

「ですねえ」

今澤さんに相槌を打つ。

生憎《あいにく》、私と今澤さんは彼らから少し離れた席へ案内された。蒼佑さんのほうをこっそり窺《うかが》うと、頬杖をついてこちらを見ている。

う。怒ってる？

でも、このランチは仕事のうちだし……

今澤さんが「これ、おいしそうだね」と日替わり定食の写真を見せてくれたので、二人ともそれを頼むことにした。

「スキルアップ研修の保養所って、携帯の電波が届かないって噂だよね」

「えっ！　そうなんですか？　今時珍しいですね」

「秋本さんが言ってたよ。でもいいところなんだって。山の中だけど、朝日がすごくきれいらしい」

いいところかぁ。いいなぁ、日の出……

朝に弱い私がそんな時間に起きられるかどうかはわからないけれど。

「いいですねぇ、行ってみたいなぁ」

「昔は部単位で慰安旅行があったみたいだよ。僕が入社する何年か前に廃止になって、部内の親睦は宴会に変わったんだよね」

「よくご存じですねぇ。部単位ってことは、営業部だけですか？」

「そうそう。今のメンバーで行っても楽しそうだよね」

慰安旅行……。秘密の社内恋愛をしながらの慰安旅行って楽しそう、なんて妄想をしてみたり。

先に食べ終わった今澤さんに気づき、私も急いで食べ進める。

「時間あるからゆっくり食べていいよ」

「あっ、すみません」

「三谷さんはおいしそうに食べるよね」

褒められてる……？　その瞬間、この間四人で飲んだ時の焼き鳥大食い公開処刑シーンを思い出す。……たぶん、女らしいとは思われていないな。

今澤さんは、にこにこしながら私が食べ終わるのを待っていてくれた。

食後のコーヒーを飲み終え、打ち合わせも無事済ませて店を出ようとしたタイミングで、蒼佑さんたちも席を立った。沙梨が小首を傾げてこっちに手を振ってくる。

「出張、今澤さんと結衣で行くことになったんだねー。誰もいないからっていちゃいちゃしちゃだめだよ？」

するかよ！　アンタの彼氏でしょうよ！

「え？　今澤と三谷はデキてるのか？」

と、小南部長まで乗っかり出した。

「いやいや！　ぜんっぜんデキてませんよ！　今澤さんは私のことそんな風に見てないですし、そもそも彼女さんがいますし！」

私が全力で否定すると、沙梨は笑いながら、「ごめんなさい、冗談です」と小南部長の腕を軽く叩く。今澤さんは「ひどい冗談だな」と苦笑していた。

あー焦った。ていうか、彼女はアンタでしょうが！

ホント、沙梨のこういうところ、ついていけない。……今の否定、間違ってなかっただろうか。

蒼佑さんをちらりと見上げると、涼しい顔でこちらを見下ろし、私の耳元で「今夜家に来い」と命令した。

そしてその晩。

私は蒼佑さんの家の、モデルルームのようにおしゃれな寝室にいた。

ベッドの上で『お仕置き』と称されて、手足をゆるく縛られ、アイマスクをつけられて座らされている。照明がついているのか、それとも落とされているのかもわからないほど高性能のアイマスクだ。

何も悪いことしてないのに、蒼佑さんはひどく嫉妬をして……それ以上に興奮もしているのか、時折熱い吐息が肌をかすめて——それが私をさらにドキドキさせる。

不意に内ももにつうっと舌が這《は》い、予想もしなかった刺激にびくんと体を震わせた。

「み、みなとさん……」

「蒼佑」

冷たい声が返ってくる。

「そ、そうすけ……さん……。顔が見たいです……。私、こんなの……」

「ダメだ。もっと濡れてから」

恥骨の肉をむにっとつまむようにされ、その下を左右に広げられた。恥ずかしくて体を捩《よじ》るが、そんな抵抗などなんの意味もなさない。

蒼佑さんの長い指が入ってくる。ゆっくりゆっくり、奥まで。

「うーッ……」

「もう、濡らしてるけどな」

だって、部屋に入った瞬間、熱烈なキスをされ、逃してくれなくて。全部脱がされて体中舐められたあとだもの。恥ずかしいけれど、濡れているに決まっている。

「来週の出張で浮気するんじゃねえぞ」

「だから、そんなのないもん。蒼佑さんこそ、沙梨となんかあったら……」

「あるわけねえだろ」

「んっ！」

入れられていた指がぐちゅりと動いた。

彼の長い指が……いやらしい蜜を湛《たた》えた秘穴に入っているのが想像できて、ひとりでに腰がくねくねしてしまって止まらない。視覚を遮《さえぎ》られているせいなのか、くちゅくちゅと淫らな音がはっきりと聞こえるのも恥ずかしくて下唇を噛んだ。

「──いいか。お前はもう誰にもやらない。わかったな」

蒼佑さんの声も、鮮明に耳に流れ込んでくる。

「は、はい……」

「……いい返事だ」

蒼佑さんの気配が消える。離れたのかときょろきょろするが、何も見えない。少しして、シーツの擦れる音が聞こえた。足首の紐が解かれ、内ももにひたりと手のひらのようなものが当てられる。

「やんっ……な、なんですか？」

「足解いたのわかる？　自分で広げてみて」

「え……何を……」

「ここを、結衣の指で広げるんだ。さっき俺がやってたみたいに、このくらい」

「ひゃあ！」

恥ずかしい襞《ひだ》をむにっと広げられて、足をバタつかせるがすぐに押さえられてしまう。こんなに広げられて、どんな風に見られてるのかわからなくて怖い。

「……結衣」

落ち着いた声で名前を呼ばれ、羞恥《しゅうち》を振り切った。できるところまで開脚して、小陰唇に指先を添える。

「……舐めてやるから、広げろ」

命令口調なのに、優しい声。声の方向から、蒼佑さんが私の足の間にいるのが想像できた。意識をすると彼の息が内ももにかかっているのがわかる。蒼佑さんは、私の秘部をすぐ近くで見ているんだ――

「……こっ……これで、いい、ですか……」

「もっとだ」

「……っ」

唇を噛みしめた。こんな場所曝《さら》け出すのは恥ずかしい。でも、お仕置きなんだからやらなきゃ……！

渾身《こんしん》の力で性器を左右に広げてみせた。蒼佑さんに、すべて見えるように――

「……よし。いいよ。奥までしっかり丸見えだ」

「やぁ……っ」

「クリトリスは赤く膨れ上がってるし、ぬらぬら光ってて……膣口はヒクヒクしてる」

「やめてください……っ」

「中から愛液が……出てきてる」

衣擦れの音がしたと思ったら、粘膜にぺちょりと生暖かい感触が走った。

「あ！」

ビクンと体が跳ねる。

するりと肌が触れ合ったかと思うと、内ももが力強い腕で押さえ付けられる。両手は動かせない。

「こんなに濡らして……」

じゅるると蜜を吸い上げられて、クリトリスを吸われ、舌でいたぶられる。広げている指に力が入らなくなると、両腕を頭の上に動かされた。

「手が邪魔だな……」

蒼佑さんはベッドに両手を括《くく》りつけ直し、改めて足を開かせた。恥ずかしさに顔から火が出そうだったが、それ以上に、期待している自分もいる。

蒼佑さんが襞《ひだ》を広げた。飛び出ているであろうクリトリスを想像して、そこに口づけてもらいたくて吐息が漏れる。が、彼の息がかかるだけで、蒼佑さんは広げたまま触れてもくれない。

「……あの、蒼佑さん……」

「舐めてほしい？」

完全に見透かされていた。蒼佑さんは指先でちらちらとクリトリスを触る。

「んっん！」

「舐めようか？　どうする？」

両手を上げたまま、唇を噛んで腰だけくねらせる。ああ、やっぱり我慢なんてできない。辱《はずかし》められるのがお仕置きだとばかり思っていたけど、違う。焦《じ》らされているんだ。

「結衣?」

また指先でクリトリスをちょんと触られ、びくりと体が動く。蒼佑さんは私の反応を愉《たの》しんでいるようだ。

「……な、舐めてください、蒼佑さん……」

「……了解」

舌先で蜜をすくって、秘穴全体をべちょべちょと舐め回される。そして繊細にクリトリスにキスをされ、舌先で絶妙に刺激される。

こんなの、すぐにイッてしまう。

快感を貪《むさぼ》っていたいけれど、言いようのない戸惑いを感じる。それでも、無意識のうちに腰をくねらせてしまう。愛液が出ると、全部舐め取られた。

「そ、そうすけさん、これ以上したら、たぶん私、漏れちゃう」

「いいよ。漏らせ」

「それはいや、いやですっ」

「大丈夫だよ。全部舐めて飲んでやる」

「やあ……!」

何が大丈夫なの——。私は舌での激しい愛撫に耐えることができず、両手を上げ、大きく開脚した格好で盛大に潮を吹いてしまった。

プシュッ、と音がしたあとは、蒼佑さんの口で秘穴を塞がれて――本当に全部舐め取られてしまった。

ようやくアイマスクと腕の縄を取ってもらえて、蒼佑さんの灼熱《しゃくねつ》が秘穴にあてがわれる。あまりにも急な展開に体を起こそうとしたら、あっさりと阻まれ口づけられた。

「ゴムはしてある。……おとなしく挿《い》れさせろ」

ううん、違うの。私も早く挿《い》れてほしかったの。

「は、早く挿《い》れてくださいっ……」

自分でも片手で襞《ひだ》を広げて彼を迎え入れようとする。

「エロすぎだろ。そんなに欲しいのか？」

「欲しいです……っ！」

蒼佑さんの、欲しい――

ずぶっと半分ほど入ってくる。その後奥まで一突きされ、先ほど自由になった腕を蒼佑さんの首へ巻きつける。

「は、はああっ……」

「締めるな。イキそうだ」

「締めてるつもりは……」

「でもヒクヒクしてるぞ」

蒼佑さんのひとつひとつのセリフに、脳みそもカラダも溶けちゃいそう……

その間も力強く出し入れは続いていて、水音も響いている。

「結衣、……結衣……っ、イクぞ」

「はい、出してくださいっ……あああっ……！」

蒼佑さんががばりと覆《おお》いかぶさってくる。剛直が私の中で脈打ち、精を吐き出したのがわかった。

「出ましたか……？」

「……まだ終わりじゃない」

蒼佑さんの男根を抜こうとしたら肩を押さえられて制された。

そして二人まだつながったまま、蒼佑さんからは丸見えになっているだろう恥ずかしい蕾が、丁寧に指で弄《いじ》られる。

蒼佑さん……まだ達していない私をイカせようと――

「あ、ああっ……あぁん」

愛液をたっぷりつけた彼の指で、蕾をころころと転がされ、いまだ硬さの残る蒼佑さん自身を咥えたまま、あえなく絶頂に達してしまった。

「イッたか」

蒼佑さんは、美しく妖艶に微笑み、私の愛液にまみれた指を舐める。

「き、汚いです……そんな」

「どこが。結衣の愛液なんて散々舐めてるのに」

蒼佑さんが言うと卑猥すぎる！

恥ずかしくて顔を隠していたら、蒼佑さんが満足そうに私を抱きしめた。

まだ出張に行ってもないのに、お仕置き（？）されちゃった。

蒼佑さんの独占欲のすごさに驚くけれど、それがちょっと嬉しかったりもして。

激しいセックスのあとは甘い時間を過ごした。

「蒼祐さんも研修ですよね？　夜、電話していいですか？」

ぱりっと糊《のり》のきいたシーツの上、私の隣に寝っ転がる蒼佑さんにうつぶせの姿勢で尋ねると、蒼佑さんが私の髪を指に絡ませる。

「……ああ。待ってる」

吸い込まれちゃいそうなほど黒く深い瞳にどぎまぎしていたら、ちゅっと唇を奪われる。煙草《たばこ》は好きではないけれど、この煙草《たばこ》の味だけは大好きだ。

「きっちり案件取って、接待も頑張りますからね！」

「そうだな。望月ホールディングスの担当者は女好きだから気をつけろよ。ちゃんと今澤にも言っておくが……。もし今澤に守られても、ドキドキしてんじゃねぇぞ。あいつは俺の命令を実行するだけだからな」

凪《なぎ》のように穏やかだった蒼佑さんの表情が、だんだんと曇ってくる。

「女好きの顧客から守られてドキドキって……漫画じゃあるまいし。蒼佑さん、結構ヤキモチやきますよね？」

「え？　俺が？」

蒼佑さんは心底驚いた顔をして私を見ている。どうやら自覚がないようだ……相当なもんだと思うけど。

「……フン。寝る」

あ、すねちゃった。

電気を消して背中を向けられてしまった。可愛らしいなと思いながら、その背中にぴたりとひっついてキスをしたら暗闇の中、彼が体の向きを変え体重を乗せてきた。

「――あっ……」

胸にキスを落とされる。唇の位置がどんどん下がってきて、私の片膝が持ち上げられる。少しして、熱い吐息とぬるりとした感触のあと、くちゅっと音が聞こえてきた。

「……ここ、熱い」

「蒼祐さんの……吐息も……あッ！」

ぐりゅぐりゅと中まで舌が入れられ、体をのけ反らせた。彼の髪に指を差し込み、掻《か》き乱す。

「気持ちいいのか。わかりやすいな」

「だ、だって……」

蒼佑さんは膝立ちになると、私の膝に完全に復活した灼熱《しゃくねつ》をぐりぐりと擦りつけながら、四角い袋に入った避妊具を取り出す。薄暗い中、ぴりりと音を立てて歯で切り、膝に擦りつけていたペニスに薄膜を被せようとした。

今日は……大丈夫な日なんだけど……

女の子からそんなこと言ったら、はしたないよね。それに、ゴムなしでしたことないし。

でも、蒼佑さんの情熱には、素肌で応えたくなってしまう。隔《へだ》たりが厭《いと》わしいほど、もう、大好きなんだけど――

「う……あぁんッ」

そんなことを考える余裕もなくなるほど、強く強く灼熱《しゃくねつ》に貫かれた。散々快感に嬲《なぶ》られた体は、蒼佑さんのペニスを奥まで簡単に許す。

「まだぐちょぐちょじゃねぇか。こんなに濡らして」

「っ……」

目が暗闇に慣れてきて、蒼佑さんの表情が少し見える。きれいな顔で意地悪く笑っている。

首に吸いつかれて、蒼佑さんの黒髪が私の頬を撫でる。意地悪なそのセリフにも、感じてしまう私はMかもしれない。

「……ぐちょぐちょに濡れるのは……キライですか……？」

息も絶え絶えに尋ねると、蒼佑さんは私の体を持ち上げて自分の体の上に乗せ、下から勢いよく突き上げた。

「きゃあああっ！」

「可愛いこと聞いてんじゃねぇよ」

口調は怒っているけれど、ニヤついているようにも見える。怒っているのと嬉しいの、どっちだろう……？

最後は強く抱きしめられながら二人同時にエクスタシーを迎えた。

出張は、一緒に行きたかったけれど、所詮《しょせん》お仕事だし……また、今度一緒に旅行でも行けたらいいな。

SIDE　湊蒼佑

「湊マネージャー、お菓子食べますか？」

「……いらん。寝かせてくれ」

「はぁい」

うるせえ……

研修地に向かう新幹線の座席の隣には、この研修を進行する人事部の秋本が座っていた。社内研修のための移動だからやむを得ないが、うぜえ！

しばらく目を閉じていたが、視線を感じて開けると秋本が俺の顔を凝視していた。

「……何してんだ、てめえ」

パーソナルスペースをこの女に侵されているせいか、心なしか口調もキツくなる。

「湊マネージャーっていい匂いしますよね……ドキドキします」

「はあ？　嗅《か》ぐな！」

「はぁーい」

突き放しても全然こたえてねえ……。自分が可愛いのを知っているのだろう、俺に上目遣いを向けてくる。この手の女は散々見てきた。仕事以外で関わるとロクなことにならないのはわかっている。

結衣の友達だというから、あまり冷たくもできないのがつらいところだが……

諦めた俺は、窓のほうを向いて目を閉じた。

そうこうして、やっとついた研修地。俺の出番は十一時からということなので、それまではネットが使える唯一の部屋で仕事をする。このご時世に各部屋にインターネット環境がなく、まともに電波も届かないという不便さだが、そこに文句を言っても仕方がない。この日何人かいた講師役のメンバーで、その貴重な部屋に向かった。

「湊さん、講師として参加されるんですね！　びっくりしました！」

俺に声をかけてきたのは情報システム部所属、村田貢《むらたみつぐ》。今澤と同期のシステムエンジニアだ。

「そうなんだよ……本当は、営業部から行くのは今澤だったんだけどな」

「そうだったみたいですねー！　今澤が言ってました！　でも湊さん、いっつもお忙しいから、たまにはここの温泉でゆっくりしても、罰《ばち》は当たりませんよ！」

うん、温泉な。結衣と来たかった。朝日も結衣と見たかった。というか、ここもいいが、結衣と出張に行きたかった。

昨日も散々結衣を舐め回して、本当に俺は大丈夫なのかというぐらい結衣を抱き、舐め回して(二回目)、「蒼佑さん、好き……」と言わせてはニヤニヤしていた。できればその光景を動画に撮りたかったぐらいだが、ギリギリのところでやめておいた。無理強いをして嫌われては元も子もない。この独占欲、ちょっとヤバいかもしれないという自覚はある。

結衣とは、不思議とセックスするたびに想いが深まるような感じがする。今までなら、女とセックスしたらどこか冷めていったのに、こんなに執着してしまうのは結衣だからだと思う。

「温泉なぁ……ま、それは楽しみかな」

「とはいえ、スマホがこの部屋しか使えないのがイタイですよね」

「あ、そうか……」

結衣が、「夜、電話します」と言っていたのに。携帯がつながらないことを伝えておかなくては。

メールを打とうとしたら、誰かに後ろからちょいちょいとジャケットを引っ張られた。

「あの、お仕事中すみません、湊マネージャー、スライドの件でお伺いしてもいいですか……?」

研修を抜けてきたのであろう秋本が、俺の耳元でこそこそと囁《ささや》く。次の進行の打ち合わせをしたいようだ。

「いいよ」

「じゃあ、あちらのスペースで……」

「ああ」

隣に座っていた村田が、ぽーっとこちらを見る。

「お似合いですね、二人……。すっごく絵になるなぁ」

「やだ、村田さん、そんなことないですよぉ～！　もう～！」

秋本が村田の肩を軽く揺する。見ててこっ恥ずかしくなるほど村田がデレている。村田はややぽっちゃりはしているが、なかなかに好青年だと思うし、秋本と並んでもお似合いだと思うがな。

俺が大したリアクションも取らずにいると、「湊さん、照れちゃって！」と村田が言うので、それには「まったく照れてねえわ！」と反論した。


打ち合わせを終え、いよいよ次は俺の番となった。企業としての営業部の役割、普段の仕事内容、その他意気込みなどを若者たちに語る予定だ。あとは夕方からのオリエンテーションに付き合えば役目は終わる。

秋本に先導されて研修ホールへ入る。

「続きまして、本社営業部、湊蒼佑マネージャーよりお話しいただきます。どうぞ」

紹介を受けて壇上に上がる。思ったより研修の参加人数は多い。結衣の同期あたりか。

営業部への配属希望者が多いというのはあながち嘘ではないようで、質疑応答も活発でかなり時間が押した。

ふー、疲れた。骨のありそうなやつも何人かいて、来年度を楽しみにも思いつつ昼食を取るために丸テーブルに着くと、村田が俺の隣に座った。メニューはみんな一緒で、山の幸《さち》満載だ。そこへ、秋本が湯呑みを持って駆け寄ってくる。

「湊マネージャー！　お茶ありますか？」

「あるよ」

なぜ俺にだけ聞く？　茶ならみんなトレイに置かれているのに。

「ありましたか。あの、こちらの席空いてますか？　湊マネージャーのお隣……」

……それが目的か。

「空いてるけど、なんだよ……ゆっくり食いたいよ」

「まあまあ、湊さん。いいじゃないですか～！　沙梨ちゃん、一緒に食べよう！」

俺を窘《たしな》める村田に、秋本の上目遣いが炸裂する。

「ありがとうございます！　村田さん優しい……」

「いやー！　それほどでも！」

なんだこの寸劇。別にお前ら二人で食ってくれてもいいのだが。

村田はともかく、秋本は今澤という彼氏がいるにもかかわらず、よくここまで男に愛想良くできるもんだ。……まあ、村田も、今澤と秋本が付き合ってることぐらい知ってるか。同期だしな。

って、秋本の心配より、結衣だ。昼のうちに、今澤と結衣に一本連絡を入れないと。どこでも仕事ができるわけじゃないから、なかなかに不便だ。

甘々《あまあま》ボイスで話し続ける秋本に適当に相槌をうち、食事を取る。とりわけ、きのこの炊き込みごはんと川魚はとても美味しく、満足した。

さて、仕事仕事。

俺が立ちあがろうとするのを見計らったかのように秋本が話しかけてきた。

「湊マネージャー！　私、コーヒー淹《い》れてきます！　お飲みになりますか？」

「ああ……コーヒーあるんだ。自分で行くよ」

「いいですっ、私が……」

「おい、裾を引っ張るな、湯呑みが……」

秋本が一個余分に持ってきた湯呑みが彼女の肘に引っかかり、俺のスラックスに濃いめの緑茶が、それは見事に……

湯呑みの落下音があたりに響く。

「………」

「すみませんっ！」

俺が言葉を失っていると、秋本は泣きそうになりながら謝り、ハンカチを出して俺の股を押さえる。

「――や、いいから」

「でもっ……！　すみません、あの、私……染みになったら……」

「湊さん、やけどはなかったですか⁉」

後ろから村田も心配してくる。そして、周りのやつらの視線もやや痛い。

「やけどは大丈夫だよ、もう冷めてたし。……ちょっと着替えてくるわ。もうスーツじゃなくていいよな、今日は」

「は、はいっ。大丈夫ですっ。人事部長には私の不手際だとお伝えしておきますっ」

「ジャージだとカジュアルすぎっかな……」

部屋着用にとジャージを持ってきていたので、それを着るかなと考えながら退席し、自室に戻る。

「まあまあ派手だな……。コーヒーだともっと悲惨だっただろうな……」

しみじみと股間の染みを眺めたあとスラックスとシャツを脱ぎ、ジャージに着替え完了。リラックスしすぎな感もあるが、まあ仕方ない。

仕事の続きをするべく仕事部屋に戻ろうと自室を出ると、秋本が待ち構えていた。

「ま、マネージャー……」

「うわっ、いたのかお前」

すると、秋本は、閉じようとしている俺の部屋のドアに手をかけた。

「硬く絞ったタオルです。これで叩けば染みにならないと思うので、私にやらせてください！」

「いや、いいよ。明日帰ったらすぐクリーニング出すし」

「そんなわけには……っ」

よくよく見たら、……目を潤ませてやがる。

「……気持ちだけいただくから。怒ってないし。午後の準備もあるんだろう？　戻ったほうがいいぞ」

「湊マネージャー……」

「あ、タオルだけもらっとく。じゃあ、戻れ」

「はいっ……」

泣いている秋本の瞳が熱っぽく変わったような気もするが、気にも留めずに俺は部屋の中に戻る。

言われたようにスーツの染みを叩いてみたが、効果が感じられないので俺はタオルをテーブルに置き、再び部屋を出た。

＊＊＊

蒼佑さんと来るはずだった出張――

私と今澤さんは、先ほど顧客と商談を終えたところだ。今夜の接待の開始時間までまだ少しあるので、シアトル系コーヒーショップで仕事をしていた。

スマホはもちろん、社内メールも……蒼佑さんから何も入っていない。電波の届かない地にいることは承知の上だけれど、元気に過ごしているのかな……

「大きな溜息だね」

「あっ、すみません」

今澤さんに笑われちゃった……

「今澤さん、湊さんから何か指示来てます？」

「ああ、うん。最終調整のメールが一本あったかな」

……今澤さんにはあったんだ、メール。

研修の講師が忙しいのかもしれない。

「ホテル、チェックインしとく？　夜中のインも可能なトコだけど」

「あっ、そうですね！　お部屋に荷物を置いておきたいです！」

「だよね。僕も」

ふわりと優しく微笑むその顔は、やっぱり素敵だと思う。

コーヒーショップを出て少し歩くと、白い近代的なホテルが見えてきた。

「……悪いけど、僕と三谷さん、部屋が隣なんだ」

「えっ？　なんで悪いんですか？」

「……三谷さんが嫌じゃないなら、よかったよ。わざとじゃないからね」

別に一緒の部屋に泊まるわけでもないし、隣だとしても一人なんだもの。騒音もないだろうし……。も、もしかして、デリヘルを呼ぶ気とか？

そんなことを考えながら、部屋に荷物を置き、再びロビーで待ち合わせして顧客との待ち合わせ先に向かった。

お店は、ザ・和でド懐石だった。おしとやかに食べなければ、と変なプレッシャーが私を襲う。

そして、お酌、頑張らなきゃ。

「三谷さん、お電話のイメージとまったく違いますね！」

そう話しかけてきたのは望月ホールディングス株式会社、桐野《きりの》さん。この方がわが社との取引においてのキーマンで、蒼佑さんと仲良し。四十代前半といったところか。ややぎらついた、営業畑の方だ。

「あっ、がっかりさせてしまいましたか……？」

つい不安になり尋ねると、わはははと豪快に笑われた。

「逆逆！　逆ですよ！　おきれいな方で！　ね、今澤さん！」

桐野さんに肩をバーンと叩かれて、今澤さんがむせている。

「ほんわりした方かと思ってたら、キリッとしたすごい美人じゃないですか！　スラッとしてて！　すごくタイプですよ！　あ、セクハラじゃないですからねー！」

——最初は、笑っていられた。

しかし、一時間が過ぎた頃。桐野さんの目は完全に据わっているし、今澤さんは桐野さんの上司との話に夢中。

桐野さんが、私の耳を舐めそうな勢いで近づいてきた。

「ねえ、三谷ちゃん……」

顔、顔。顔が近い。三谷「ちゃん」って！

蒼佑さんが言ってたのって、こういうこと？

今澤さんをちらりと見ると、こちらの状況にはまったく気がついていない。自分でなんとか切り抜けなければならないようだ。

孤立無援の状況に落胆しかけていると、桐野さんがさらに私にぼそりと耳打ちする。

「このあと、二人で飲み直そ？」

ぞわわわわ。鳥肌が立つ。

この誘いは誰にも聞こえていない。私にだけ聞こえるように言っている。半分心の中で泣きそうになりながら愛想笑いを続けていたら、ついに太ももを触られてしまった。

「キレーな足してるよね……」

ぐぎゃあああああ!!　キモい!!

「桐野さん！」

我慢できずに、私は桐野さんの手を掴んで、こめかみに血管を浮かせながらにっこりと笑った。

私の声に、今澤さんも気づいたようだった。

「すみません、本日あいにく先約があるので、また今度来させていただいた時に飲みに行きましょうっ！　ねっ、今澤さん！」

「あ、ああ、そうですね。ぜひお願いします」

「おいおい、桐野、仕事相手を口説くんじゃないよー！」

桐野さんの上司が、私と桐野さんのただならぬ雰囲気に気づいたようでフォローをしてくれたが、はたして私の対応は良かったのか悪かったのか……

桐野さんとは、それ以降、最後まで目が合わないまま解散した。

とにかく疲れた――

あまりの疲労感に、一緒にホテルに戻る今澤さんに話題も提供できず、ただ黙々と歩いた。とてもいいお食事をいただいたにもかかわらず、味もほとんど覚えていない。

「ごめんね……守ってあげられなくて……。湊さんから、桐野さんに注意しろって言われてたのに……」

「あ、そうなんですか……」

そういえば蒼佑さん、ベッドの上で今澤さんに頼むって言ってたような。まあ、今はそれはいい。

悔しげな今澤さんだが、あの場で、桐野さんだけ見ているわけにはいかないのはわかるし、考えようによっては私だってこれも仕事のうちだ。今澤さんを責める気にはならない。だけど、とにかく疲れた。

保養所は電話、繋がるかなぁ……。蒼佑さんの声が聞きたいけど、今からコールしてもいいのだろうか。

「……じゃあ、おやすみ」

「はい。また明日……」

口数少なく、それぞれの部屋に入った。

バッグを置いて、全部脱いでシャワーへ直行した。拭きとりタイプのメイク落としで手早くオフして、備え付けのシャンプーで髪を洗う。少々軋《きし》むが、今はただすべてを洗い落としたい一心だ。

少しだけすっきりして、ベッドにどさりと横になる。ドライヤーは後回し。ダメ元で蒼佑さんの携帯にかけようとしたら、部屋の内線が鳴り、驚いて携帯を落としてしまった。

携帯は、おむすびころりんのおむすびのように、驚くほど転がっていく。

「あっ、あぁ……！」

嘘ーっ。携帯がベッドの下にっ……！

「はいっ、もしもし……」

ベッドの下を覗き込みながら、鳴りやまない内線電話を取ると、なんと今澤さんだった。受話器のコードを最大限に伸ばしながらベッドの下に手を突っ込むが、私の手では届きそうにない。

『あ、ごめんね。仕入れの件でひとつ確認したいことがあって……明日でもいいんだけど、早いほうがいいかなと思って……ごめんね』

「あっ、はい！」

よく聞いてみると、私が持っている紙資料についての内容だ。今澤さん、部屋に戻ってもまだ仕事しているんだな。

『じゃあ、ちょっと三谷さんの部屋まで取りに行ってもいい？　中には入らないから』

「あっ、私からも今澤さんにお願いが……！」

『お願い？』

「とりあえずお待ちしていますので！」

今澤さんなら、腕も長そうだし、ベッドの下の携帯を取れるかもしれない。この際、すっぴん披露はやむを得ないっ……！

すぐにコンコンとノック音が聞こえてきて、ドアまで出迎えた。

「……すっごい奥まで入ってるね……」

今澤さんがじっくりと覗き込む。

意味深な言葉に聞こえなくもないが、ベッドの下に携帯が入っているだけだ。

「ハンガーか何かで取れますかね……？」

「あ、そうだね。いけるかもしれない」

「持ってきます！」

備え付けのバスローブ姿にすっぴん、しかも髪は濡れたままという、だらしない格好。今澤さんはこの格好を見た瞬間、「そういうことなら明日でいいよ！」と部屋に帰ろうとしていたけど、結局こうしてベッドの下を見てもらっている。つい部屋に入ってもらっちゃったけど、せめて着替えとくべきだったな……

そんなことを思いながらクローゼットからハンガーを取って、今澤さんに渡した。

「うーん……あ、取れそうかも」

「わー！　よかったぁ〜！」

埃まみれの携帯が掻き出された。

「わああ、本当にありがとうございます！」

「うん。よかったね。ベッドを動かしたら取れたかもしれないけど、動かすの大変だもんね。でもよく入ったよね、あんなとこまで……」

「ごめんなさい、本当にありがとうございます」

床のカーペットに蹲《うずくま》ったままぺこぺこと頭を下げる。今澤さんは、優しげに笑いながら、私の胸元を見て目のやり場に困ったようなそぶりを見せた。

ん……？　も、もしかして胸見えてた？

はだけ気味の襟元をぎゅっと締めると、今澤さんはぶんぶんと手を振った。

「あ、何も、何も見えてないよ。少しはだけてはいたけど、……ごめん。女の子の部屋に入って、非常識だよね……。資料、画像撮って送ってもらえばよかったかな、とか、ホテルの人を呼んであげればよかったなって、思うんだけど……」

「いえ！　今澤さんのせいじゃないです。私こそ本当にずうずうしいお願いをしてしまったので……」

慌てて床から立ち上がろうとしたら、長らく蹲《うずくま》っていたせいで足がジーンと痺れていて、見事につんのめってしまった。

「きゃっ」

「わっ」

どさりと、今澤さんの上に転ぶ。

「ご、ごめんなさい、足が痺れて……」

「だ、大丈夫？」

カーペットの床に尻もちをついた今澤さんに、密着するような形になっている。傍から見ると、迫って押し倒しているとも取れるような体勢で。

「た、立てる？」

今澤さんの甘く優しい声が、困惑しているようだった。

SIDE　今澤瑞樹

三谷さん……誘ってる……？

腕に当たってるのは、三谷さんのおっぱい……なのか？

白くてきれいな鎖骨が俺の目の前で露《あら》わになり、湯上がりのシャンプーの匂いがしてクラクラする。俺、今澤瑞樹に信じられないことが起きている。

「いたたたっ、足が……」

「あ、無理しないでいいよ」

三谷さんは足が痺れていて、自由に動けないみたいだ。動けば動くほど、俺の股の間でもがいて……勃起してしまうじゃないか！　ちなみに、俺の勃起不全は挿入直前に発症するので、こういう状況の時は普通に勃ってしまう。

「あっ、す、すみません、本当に……」

なんて色っぽいバスローブ姿だ。変な気を起こしそうになるが、どうせこのまま進んだって過去の経験上EDに陥《おちい》ってしまうのは目に見えているので、沸き立つ男の本能をぐっと抑えた。恋心が大きければ大きいほどいざという時に勃たなくなるのは、自分がよく知っている。

「ちょっと、抱き上げるね。掴まってくれる？」

「えっ!?　は、はいっ……」

困惑する三谷さんの太ももと背中に手を差し込み、えいっと抱き上げてベッドに下ろした。スレンダーなだけあって、全然重くない。

「うわっ」

「ひゃっ」

できるだけそっと下ろしたつもりだが、次は俺の足が取られて、三谷さんの顔の横に両腕をつく。まるで押し倒すような体勢で、ドクンと血液が股間に集まった。

少し開かれた唇がなんとも色っぽく、このままこの唇にむしゃぶりついたらどうなるんだろうという思いが、ほんの一瞬過《よぎ》ってしまう。

「……っ」

変な気を起こさないうちに、我儘な下半身を隠して部屋に戻ろう――

腕をベッドから離したら、信じられないものが目に飛び込んできた。

薄ピンク色の三谷さんの、可愛らしい膨らみと、その先のち、ち、ちく……！

白いバスローブの隙間から、ぽろんと無防備に……！

ごくりっと喉を鳴らしてしまった。

俺の興奮及びピンチに気づいていなさそうな三谷さんは、少しだけ困った顔をして、俺を見つめていた。……めっちゃくちゃ色っぽい。

……ここで、本当に押し倒したらどうなるんだ？

……俺が、この部屋を出なかったら、どうなるんだ？

……このおっぱいを触ったら、どうなるんだ？

薄情かもしれないが、俺の頭の中から秋本さんの存在は完全に消えていた。ずっと好きだった女の子が、手のひらサイズのおっぱいをポロリして、ベッドの上で横たわって俺を見つめているなんて、そんな素敵な展開、出張でしか——今しか、ありえない。

「三谷、さん……っ」

「……えっ……今澤さん……？」

三谷さんのバスローブからはだけ出た太ももに手を滑らせると、ピク、と三谷さんの足が震えた。すごくしっとりした肌に、股間が痛いし熱いし大変だ。

すると。

——ピリリリリ！　ピリリリリ！

けたたましい着信音が鳴り、びっくりした俺はベッドから飛び降りた。三谷さんの社用携帯が鳴り出したのだ。

「……あ、着信……」

三谷さんがバスローブの前をぎゅっと握ったため、残念ながら美しい胸は隠された。でも俺の目には、少し勃っていた可愛らしいピンクの乳首が焼き付けられているし、このあとこれを思い浮かべて、部屋でシコる気でいる。

ちらりと見えた携帯の画面は、……湊と見えたような気がするが……？

「……お、俺、戻るね。電話、鳴ってるし、出なよ……」

「は、はいっ……あ、あの、ありがとうございましたっ、今澤さん……」

どくどくと心臓は打ち続けているがそれでも爽やかなふりをして、テーブルに置いてあった資料を持って、彼女の部屋を出た。

真下を見ると、俺の股間は、ビィンとテントが張られたようになっていた。

SIDE　湊蒼佑

「あいつ……。なんで電話出ねえんだよ……」

さっき、今澤から接待終了という報告メールがあったのに。

電話に出ない結衣に苛立ちつつテーブルに携帯を置き、ジャージ姿で大きく足を組むと、斜め前でまだ仕事をしていた村田と目が合った。

「湊さん、まだ仕事しますか？」

「え？」

すると、村田がにやりと笑う。

「俺、ご当地ワイン買ってきたんですけど、ちょっと部屋で飲みません？」

「ああ……なんか修学旅行みたいだな」

「中高生は酒飲まないでしょ！」

まあ……非日常の空間で飲むのも悪くないか。

「いいよ。お前の部屋行けばいいの？」

「はい！　秋本さんも部屋に呼ぼうかなって思ってるんですけど、どう思います？」

「……それはやめとけば……変な噂立てられたら嫌だし」

「えー。じゃあ、女子をもう一人呼んでもらおうかな～。二対一よりいいっすよね？」

なんとなく村田の意図がわかってきて呆れた。酒と女か。

「ま、どうでもいいけど、女がいるなら俺は抜けるからな。それと、ちょっと俺、電話一本入れていくから、またお前の部屋寄るわ。先飲んでろ」

「はいっ！　お待ちしてます！」

村田が退室すると、この部屋にいるのは俺だけになった。電気を消し、大きな窓から見える星空を眺めながら結衣が出るのを待つ。

『は、はいっ。お待たせしました』

結衣が慌てた声で電話に出た。息を切らしているように聞こえる。

「無事か？」

『はい……どうですか？　研修は……』

「まあ、会社にいるよりはゆっくりできてるよ。どうだった？　接待」

そう聞くと、結衣は少し黙ってしまった。そして、ぽつぽつと宴席での顛末《てんまつ》を話してくれて、俺は長い溜息をつく。

「……言わんこっちゃねえな。桐野のオッサンめ」

『……すみません……』

「結衣のせいじゃねえよ。あとはフォローしとくから。すまなかったな。俺がいなかったら、大体どうなるかわかってたのに」

『うう……湊さん……』

俺に泣きつくような結衣の声に会いたさが募るが、すぐに結衣の声がもとに戻った。

『……あ！　もう充電切れちゃいそうです！　実はおうちに充電器もモバイルバッテリーも忘れちゃって……！』

「何ぃ⁉」

これで終わりか⁉

外出時にモバイルバッテリーを持っていかないなんて、それでも営業部員か！

コンビニでも売っているはずだが、こんな時間に結衣を部屋から出したくないという束縛癖がこみ上げる。

『充電器、今澤さんに借ります！　あっでも湊さん、そちら電話繋がらないんですよね……』

「ああ、この部屋から出たら電話できねえよ。だからいいよ、借りなくても！　夜中に男の部屋行くな、バカ！」

『ご、ごめんなさい、そんなつもりじゃ……。でも……』

プッ……ツーツー……

俺は、通話が切れてしまった携帯を信じられない思いで見た。

マジか……こんな状況で通話終了とは――。なんて後味の悪い……

「バカじゃねえの、あいつ……。のこのこ今澤に喰われに行くつもりかよ！」

携帯をジャージのポケットに入れたあと、パソコンを雑に閉じて部屋のドアを開けると、そこに秋本が立っていた。

「うわ。何。どうしたの」

よく待ち伏せるやつだな。秋本は湯上がりなのか、火照《ほて》った顔でシャンプーの匂いを漂わせながら、背伸びをして俺の耳元で囁《ささや》いてきた。

「村田さんに、部屋で飲もうって誘われたんですけど……男の人のお部屋に二人きりだといろいろダメかなと思って、湊マネージャー呼んできますって言って……迎えに来ました」

「ふぅん……。やっぱ俺、村田の部屋に行くのやめとくわ。明日もあるし、秋本も部屋に戻ったら？」

そんな彼女から距離を取るように早足で歩くと、秋本は息を切らしながら追いかけてくる。

「湊マネージャー、ジャージ姿もとても素敵ですね」

「どうも。つーか、俺の部屋まで来ても、いろいろダメじゃねえの？」

部屋のドアを開けながら、ぴたりと俺の後ろに立つ秋本に言う。

「……ダメ、ですか？」

「うん。あ、昼間借りたタオル、どこに戻しとけばいいんだ？」

部屋に入ってタオルを取ろうとする。ぱたんとドアが閉まった音がしたので、振り向くと、秋本も中に入ってきていた。

「おい、お前との仲、誤解されたくねぇよ。外で待てよ」

テーブルの上の濡れタオルは乾燥して固まっている。

「おい。聞いてんのか」

「……結衣と、今澤さん……今頃一緒の部屋にいますよ」

「は？」

聞き捨てならなくて、大人げなく凄《すご》みをきかせて秋本を睨む。秋本は怖気づく様子もなく、きっぱりと言い放った。

「……だって、二人は好き同士でしょう？」

SIDE　秋本沙梨

湊マネージャーの彼女は、結衣——？

私、秋本沙梨は村田さんの誘いをあしらって、湊マネージャーが残る会議室のドアを少し開けた。

薄暗い部屋の中で誰かと電話をしているのが見える。

途切れ途切れに聞こえてくる話の内容で、通話の相手が結衣だということはわかった。そして、湊マネージャーの声色で、二人が恋人同士かもしれないということも——

私は今まで、男の人から厳しい目を向けられたことなんて一度もなかった。あしらわれたのも初めて。

でも、このチャンスは逃せない。

どうしても湊マネージャーと、深い仲になりたい。

人のモノだから欲しいというんじゃなくて——そんな感覚は、もうなくて。

湊マネージャーを好きになってしまった。

この人に笑いかけられたい。ただ、それだけのキモチ。

「……結衣と、今澤さん……今頃一緒の部屋にいますよ」

脅すように湊マネージャーに伝え、部屋の中に入り込む。彼の強い視線が私を突き刺した。

「……だって、二人は好き同士でしょう？」

半分嘘だけど、半分は真実。私は、今澤さんと結衣は両思いだと思っている。

湊マネージャーの瞳を見れば、私に一ミリも発情していない、私に好意も持っていないことはわかる。が、私のセリフで、彼の心が少し不安に傾くのが見えた。

「………………。何が言いたい」

湊マネージャーは、どさりとベッドに腰を下ろした。ラフなジャージ姿と、お風呂に入ったあとだから前髪が下りているのが、とても素敵で。

拒まれているにもかかわらず、胸がときめいて仕方ない。

「今澤と付き合ってるんじゃねえの、お前……」

「……それって結衣から聞いたんですか？」

「いや。人に聞いたからじゃなくて……今澤と秋本を見ていたらわかるよ。露骨だからな、お前らは」

ドキン、ドキン、と自分の鼓動を感じながらベッドに座る湊マネージャーに一歩近づいた。

「お前」と呼ばれることがこんなに嬉しいなんて。

「湊マネージャーが、結衣を好きだとは思いませんでした。ましてや二人が付き合っているなんて……」

少し背を丸めて俯《うつむ》いている湊マネージャー。その端整な横顔に見とれてしまう。さらに一歩近づくと、湊マネージャーは警戒するかのように立ち上がり、私を睨みつける。

「秋本。何がしたいんだ。俺に何を求めてる」

何を……？

何も答えない私を、湊マネージャーはじっと見る。漆黒の瞳に吸い込まれそう――

「わ、笑ってほしいです。……何か、したいわけじゃ……」

「え？　そんなこと？」

「へ？」

私がきょとんとしていると、湊マネージャーはふっと笑った。

「俺に抱いてほしいとか言い出すのかと思った。それか、ひっ掻《か》き回してめちゃくちゃにしたいとか。三谷に恨みでもあんのかなって」

「ち、ちが……違います……」

「じゃあ今澤と仲良くしとけよ。びっくりすんじゃん」

湊マネージャーの険しい表情が少し和《やわ》らいだ。

いや……迫りたい気持ちは今も思いっきりあるけれど、とにかくドキドキしてしまって、今澤さんの時みたいにうまくいかないし、男を翻弄させるようなセリフも出てこない。

今も、隣にいるだけで、心臓が爆発しそう。

「……で、三谷は今澤の部屋にいるのか？　だとしても、お前が二人一緒にいることを知ってるのなら逆に何もねえだろ。裏切るんなら内密にやるだろうし」

「実際、一緒にいるのかは知りませんよ。ただの勘です……」

「悪趣味な勘だな」

あ、悪趣味——

自分でもそう思うけれど、ズバスバ言う湊マネージャーの顔は怒っていなかった。

怒っていないどころか、なんか優しい……？

「つーか、部屋戻って寝れば？　村田にはそう言っとくよ。お前だって、研修中、男の部屋にいたって噂立てられたら仕事やりにくくね？」

「あ、でも……」

まだ、湊マネージャーと一緒にいたい。何もしてくれなくていいから、もう少しだけ……。話している横顔を見ていたいし、たまに視線を合わせてくれた時は、泣きそうになるほど嬉しい。

湊マネージャーと一緒にいる理由を探しているうちに、ふうっと溜息を吐かれてしまった。

「そんなふらふらしてたら、今澤も傷つくんじゃね」

「それは……ないと思います」

「なんで？　付き合ってんだろ？　今澤のこと好きだから付き合ったんじゃねえのか」

「………」

私は、唇を噛みしめて俯《うつむ》いた。湊マネージャーといると、自分の汚いところが暴かれていくようで、後ろ暗い気持ちになる。

結衣の好きな人を盗《と》りたかっただけだと言ったら、湊マネージャーは幻滅するだろうか。結衣と付き合っているのか、肯定も否定もしていないけど、実際はどうなんだろう。私には話してくれないかな……

湊マネージャーに対しては、計算も企《たくら》みも働かない。

「好きじゃないのに付き合っていたら、変ですか……」

「えっ、マジか」

ああ、やっぱり幻滅されちゃった……。でも、なんだか嘘はつけない。

「もう少し気持ちを大事にしろよ。自分のも、人のも。……もう、こんな時間だ。戻って寝ろ。俺は村田の部屋に寄ってから寝るよ」

湊マネージャーは時間を確認して、そう言う。

「はい……」

「いつもそんな感じのほうがいいんじゃね？　脳天から甲高い声出さなくても。めいっぱい自分を飾りすぎ」

ああ。胸がきゅんっとする――

厳しい口ぶりだけど、湊マネージャーの愛のある言葉にときめく。

「あの、やっぱり、湊マネージャーって結衣と付き合ってるんですか……？」

これだけは、本人に確認しておかないと……。結衣はきっと私には言わない。湊マネージャーの肩を見上げて、ドアノブに手をかける彼に問いかけた。

「……秋本」

「え？」

「今澤と仲良くな」

話をする前よりも少し親しみのこもった瞳で、ほのかな笑顔を見せてくれた。

廊下に出ると照明は落とされていた。もう就寝時間だ。

「え！　お前、隣の棟なのかよ」

「はい……」

「暗い中、帰んの？」

「はい」

村田さんは湊マネージャーの斜め向かいの部屋だが、湊マネージャーはそちらには寄らず、隣の棟に繋がる通路へ向かって歩き出した。「暗いと怖《こ》えーな！」と言いながら。

私は、暗くても怖くないけど……まさか、送ってくれようとしているの？

「ほら、歩け。途中まで送る」

「はいっ」

「俺といるとこ見られて変な噂立てられたら否定しろよ。すげー迷惑だから」

「ひ、ひどいっ」

優しいのに、ひどい。優しいのに、口が悪い。結衣を好きなくせに、優しい。怖いのに優しい。不思議な人だ。

棟を繋ぐ通路を渡り切ったところで、前を歩いていた湊マネージャーが振り返る。

「ここでいいな。じゃ、また明日。お疲れ」

「はいっ、ありがとうございました！　おやすみなさい」

「うん。おやすみ」

おやすみの言葉ひとつで、こんなに切なくなる……

知れば知るほど好きになってしまって、胸が苦しくて。こんな恋ははじめてで、どうしたらいいのかわからない――

SIDE　湊蒼佑

明け方、四時過ぎ。

「きれーだな……」

誰もいない大浴場の露天風呂で感激の独り言。まさに今、山間から出てきたばかりの幻想的な日の出を俺――湊蒼佑は眺めている。この風景は保養所のちょっとした名物なので、早起きしているやつらは部屋から見ているかもしれない。

湯に身を沈めて、ぱしゃぱしゃと顔を洗う。この温泉も格別である。帰ったら早速温泉宿を予約したい。つーか結衣と旅行がしたい。

昨夜、秋本を部屋まで送ったあと、村田の部屋に寄ると、大層残念がっていた。

「彼女、部屋戻っちゃったんですかー！」

「疲れたんだろ。司会進行からオリエンテーションまでやってたんだから」

なぜか秋本のフォローをして、俺もすぐ部屋に戻った。しかし、てっきり秋本から迫られ、取って食われるんじゃないかと思ったのに、完全なる自意識過剰だったようで安堵した。

俺は――よく怖いと言われるし、それについてなんとも思っていなかったが、円滑に業務を進めるには、多少は笑顔も見せたほうがいいのかもしれないな。

そんなことを考えながら、屋内の大浴場に戻ろうとした時、ドアが開く音がした。この絶景を見に、誰か入ってきたようだ。うんうん。この景色は見て帰ったほうがいい。

俺はざばっと湯から上がり、ドアへ近づいたのだが――

「キャ……!!」

「っ!?」

なぜ、秋本がここに!?

俺はタオルを持たずに来ていたので、秋本の目線は、俺の下腹部に釘付けになっている。

「な……なにしてんだ、てめえは……!!」

大きな声を出しそうになって、慌てて抑えた。声を聞きつけて誰かが来てもいけない。秋本はタオルで胸元などを隠しつつもパニックに陥《おちい》っていた。柔らかそうな胸の谷間を見てしまうのが、男の悲しい性《さが》だ。やばい、俺も軽くパニックになっている。

「だ、だってここ、朝の四時に男女入れ替えになるんですよ？」

「え!?」

「今は女湯です！　それと、……湊マネージャー、あの……見えてます……！」

「わかってるよ！　見るんじゃねぇよ！」

俺が間違っていたのか!?　それを確かめるにはここから出るしかない。

俺は慌てて浴場を出て、幸い誰もいない脱衣所で体を拭く。

ジャージのズボンをはき、上半身はTシャツだけ着て外に出た。女湯とも男湯とも書いていないが、女性が三名ほど俺を見てギョッとしていたので、慌てて自分の部屋に戻った。四時に入れ替わるのは本当のようだった。

はー……疲れた。

いい部屋を割り当ててもらえたようで、部屋からも日の出は見える。

……ジャージの上着を脱衣カゴに忘れてきたけど、取りに行ける状況ではない。朝風呂に入る客も増えてくるだろう。

「……っくしゅん！」

くしゃみ一発。冬ではないが、この地域の明け方は肌寒い。こんなとこで風邪を引いたらたまったもんじゃねぇ。

ついてねえな……と思いながら煙草《たばこ》に火をつけると、コンコンとドアをノックする音が聞こえた。

ドアを開けると、秋本が頬を染め、気まずそうな顔をして、俺の黒いジャージを持って立っていた。

まあ、男の裸を見せられた側とすれば、そりゃ赤面もするだろう。秋本も肉感的な体を俺に晒《さら》してしまったわけだし。……申し訳ない。

秋本は、恥ずかしそうに俺にジャージを差し出す。

「これ…お忘れ物です」

「ああ……すまない。それと……さっきは悪かったな」

「い、いえ……」

「教えてくれて助かった。俺は何も見てないから、気にしないでくれ」

「はっ、はい」

さっきから、秋本は俯《うつむ》いたままだが。

それにしてもキャラ変わりすぎじゃねえか？　昨晩からほとんど俺の顔を見なくなった。まあ、全裸で遭遇事件なんか起きたら嫌われるには十分だし仕方ないか、と思っていると、ずいっと何かを差し出してくる。

「あの、よかったら、スポーツドリンク飲んでください。買いすぎちゃったので……」

秋本はまだ冷たいドリンクを一本俺に渡したあと、ハッとしたように俺の背後を見た。

朝日か。

「……ああ。ここの朝日は絶景だよな」

俺も体を反転させて、日の出の神々しい輝きを見る。

「湊マネージャーのお部屋だけですよ、こんなに大きく見られるのは」

「そうなのか？」

まだぽうっと朝日に釘付けになっている秋本。そろそろ帰ってもらおうと、じゃ、と言ってドアを閉めようとしたら、秋本がそれを邪魔してくる。

「ちょっと、朝日の写真撮らせてください！」

「え？　ちょ、待てって。誰かに誤解されでもしたら――」

秋本が素早く部屋に入ってくる。ゆっくりとドアが閉まり、ぱたんと音がした。そして俺の横をすり抜けて窓際へ行く。

「それ撮ったらすぐ出ていけよ」

俺は溜息をつき、秋本からもらったスポーツドリンクを開け、喉の渇きを潤《うるお》しながら、ベッドに腰を下ろした。まったく不躾《ぶしつけ》なやつだ。

カシャカシャと何枚か写真を撮る音がする。それを見るでもなくペットボトルを呷《あお》っていると、秋本が急に振り向いて俺を撮った。

「げっ。俺を撮んなよ、お前」

「お……思い出ですっ」

「なんの思い出だ。お前は半期ごとにここに来るんだろうがよ」

すると秋本が顔を真っ赤にして反論した。

「湊マネージャーとの思い出です！　……女心わかってないですよね、湊マネージャーは……」

「は？」

「……なんでもありませんっ。失礼します」

ぱたぱたと足音が遠のき、ドアの開閉音が続く。俺は首をかしげた。

……なんだよ？

よくわかんねぇやつだな。

午前のオリエンテーションが終わったあと、俺と村田は先に帰社することとなった。

新幹線に乗ると、すぐに車内販売でビールを買う村田。

「お前なあ、帰社したらまた仕事なのに……」

そう言いながらもプルタブを開ける俺。プシュッといい音が鳴り、疲れも吹き飛ぶ思いだ。

村田のやつ、俺の分まで買いやがって……まったく、よく気がつくやつだ。村田も隣で小気味いい音をさせてプルタブを開け、オヤジ風に缶をちょっと上に掲げて合わせてきた。

「いいじゃないすか！　打ち上げスよ！　あと、俺の失恋慰め会スよ！」

「失恋？」

村田は悪い顔をして俺の耳に囁《ささや》いた。

「見ましたよ！　秋本さんが明け方、湊さんの部屋から出てきたの……。あれで何もなかったなんて言わせませんよ。あの子のおっぱい触ったんでしょ、湊さん！　うらやましいなぁ！」

「触るかっ！」

女湯で局部は見せてしまったが、触ってはない。なんて、そんなことを言ったらますます誤解されるだろう。

「……マジでなんもねえから」

「信じられないスね」

真顔で答えられ、バツが悪くなりながらビールを飲む。

「……俺、女いるし、秋本も男いるからな」

「いてもいっス！　あんなに可愛かったら二股でもいいっス！　俺、包容力なら誰にも負けないんで！」

「…………」

確かに、村田の人の良さは俺も保証するが……もっと誠実な女性はたくさんいると思う。

しかしこの様子じゃ、何を言っても聞き入れねぇな。

第三章

新幹線の車窓から見える景色が、見慣れた街に変わる。もうすぐ東京駅に着く。

出張が終わった。今澤さんは別クライアントにもアポを取っていたらしく、私だけ先に帰社する形だ。

「ただ今戻りました」

時刻は十五時過ぎ。オフィスに戻って自席に着く。蒼佑さんはもう研修地から戻っているはずだけれど……デスクにはいない。予定を確かめると、社内で打ち合わせ中のようだった。

一目顔が見たいなぁと思いながら、パソコンを開け、ジャケットを脱いでいると、蒼佑さんが慌ただしく戻ってきた。ぱちりと目が合う。

「あっ、湊さん。お疲れさまです。ただ今戻りました」

「――ああ。お疲れ。どうだった？」

蒼佑さんは颯爽《さっそう》とデスクに着き、私は駆け足でその前に立つ。

昨日、電話とメールで、プライベートまじりの報告はしているけれど、そんなことはなかったかのように改めて報告を始める。

少し上から私を見下ろす蒼佑さんは、とても端整な顔立ちで、睫毛《まつげ》が長くて、瞳がきれいで。決して見た目で好きになったわけじゃないけれど、やっぱり素敵だ……

私がぽーっとしていることに気づいた蒼佑さんは、端整な顔を怪訝そうに歪《ゆが》めた。

「なんだ？」

「あっ、いえ、いえっ」

両手をパタパタ振り、思わず怪しいリアクションを取ってしまう。

まさか、かっこいいと思いながら見つめていましたなんて言えない。叱られちゃう。背筋を伸ばして蒼佑さんに聞いてみた。

「湊さんは、研修いかがでしたか？　朝日はご覧になりましたか？」

すると、蒼佑さんは、何かを思い出したかのようにフッと笑った。

なんだろう、もしかして沙梨と仲良くなったとか？

蒼佑さんのリアクションに、一抹の不安が過《よぎ》る。

「湊ー！　次の会議行くよ」

「あ、すいません。行きます」

小南営業部長に言われて、蒼佑さんが慌ただしく席を立つ。その場に突っ立っている私に蒼佑さんは柔らかく微笑み、「たくさんメールしたからよろしくな」と口角を上げ、行ってしまった。

くうう……蒼佑さんの微笑みは破壊力抜群だ。カッコよさに気づいてしまった今、魅力的すぎてたまらない。

しかし、メール？　なんだろう。今晩のお誘いかな？　と、プライベートのスマホや社用携帯を見てみても何も入っていない。

首を傾げながらパソコンに向かってカチカチとマウスを鳴らし、社内メールを確認したら――ものすごい数の見積り作成依頼が飛んできていた。

怖い顔で言われたなら覚悟もできたのに、あんなにも素敵な笑顔で、こんな容赦ない依頼を送りつけてくるなんて、さすが鬼……

「でも、やるしかないっ」

仕事は手を抜きたくない。蒼佑さんに、私ができる限りのサポートをしたい。

ふうっと息をついたあとお茶をぐっと飲み、片っぱしから処理していった。


気がつけば、周りの同僚はみんな帰っている。

私も出張明けなのに。普通なら十八時頃には帰らせてくれるのに。

はーあ。

でも、もう少し。

伸びをして立ち上がると、今澤さんが帰ってきた。

「――あ。まだ、やってるの？」

「今澤さんこそ、今、帰社ですか？」

「うん。直帰するって申告してたんだけどね。ちょっと気になる仕事もあったし、戻ってきた」

柔らかに笑う今澤さん。

なんだか、昨晩知らない土地で、やましいことはないにしても、ホテルで一緒にいたとは思えないな……。あれは夢で、今が現実って感じがする。

この妙な現実感は、やってもやっても終わらない業務のせいかな。

蒼佑さん、鬼だよ。

「湊さんはまだいらっしゃるのかな？」

「バッグは置いてあるので、たぶんまだ打ち合わせ中ですね」

そう答えたあと、私はまた画面に向き合ってキーボードを打ち続けた。

少しして、目の前にコーヒーが置かれた。顔を上げると、今澤さんが紙カップのコーヒーを一口飲みながらにこりと笑う。今澤さんにも少し、疲労の色が見える。

「あ、また……いつもすみません、飲み物……」

「いいえ。頑張ってね」

長話はせず、今澤さんも自席に座ってパソコンを開けた。

湯気の立つホットコーヒー。口をつけると温かさが、じわりとしみる。

昨日の、夜のことは……なかったことにする。といっても、キスにも至らない、ただのハプニングだけど。

その後も仕事に打ち込み、やっと片付いた。

「ふあー終わった……」

伸びをしたら、今澤さんと目が合う。

「終わったんだ。よかったね」

「今澤さんはまだですか？」

「うん。まあ……自分の仕事は大体片付いて、湊さんを待ってたんだけど、戻ってきそうにないね」

「そうですねぇ……」

時計を確認したら、二十一時を少し過ぎていた。

「やばいですね、残業したら怒られちゃう」

「じゃ、俺も出ようかな」

結局、蒼佑さんが戻ってくることはなく、私と今澤さんは一緒にビルを出た。

あー、疲れた。帰ったらビールを飲みたい気分。お酒弱いけど。

信号が変わったので歩き出すと、スマホが鳴った。確認すると蒼佑さんからの着信だ。

「あっ、みな………っ」

危ない。湊さんって言うところだった。

個人の携帯に蒼佑さんから連絡があるのなんて、ヘンだもんね。

ここじゃ、電話に出られない。

着信音を消すと、今澤さんは「湊さんから？」と、見透かしたように微笑み、私の手を握った。

「………今澤さん……？」

今澤さんは、少し切なげな瞳で私を見つめていた。薄茶色の瞳はとてもきれいで、揺らめいているように見える。

……振りほどきたいのに、今澤さんの力は強く、掴まれた手が少し痛い。いつもの優しい今澤さんとはなんとなく違う――

「三谷さんは……湊さんのこと好き？」

ドクンと心臓が鳴った。言葉が出ない。

「………」

「前までは、そんな風に見えなかったんだけど……少なくとも三谷さんは」

「そ、それは……」

「………言いたいことがあるんだ。聞いてくれるだけでいいから」

今澤さんのあまりに真剣な表情に、私は何も言えず俯《うつむ》いた。

SIDE　湊蒼佑

………なんで電話に出ないんだ、アイツ。

依頼したことはすべて終わらせてるからいいけど、俺のいない間に帰っているとは。

今夜は会えないのか。

長かったミーティングが終わり、自席で足を組んでスマホを耳に当てていたが、一向に出る気配がないので切った。

「湊、そこそこにして帰れよ。研修の疲れもあるだろう」

「ありがとうございます。疲れは大丈夫ですが、もう帰ります」

部長に声をかけられて、スマホをバッグに入れ、パソコンをシャットダウンする。旅行バッグと通常のビジネスバッグ二つを抱え、オフィスを出ることにした。

人気のない館内。速やかにエレベーターに乗り込むと、途中の階で止まった。

「……あ、湊マネージャー、お疲れさまですっ……」

乗り込んできたのは人事部、秋本。

研修所から帰社していたのか。

「お疲れ」

「お疲れさまですっ」

秋本はそそくさと閉ボタンを押し、俺から顔を背ける。

なんなんだ？

「なんだよ、その態度。なんでこっち向かないの」

「は、恥ずかしいからです」

秋本はますます俯《うつむ》いてしまった。

……恥ずかしい？

途端に、大浴場で全裸を披露したことを思い出す。

「いや、あれは、すまん……」

謝るほかない。完全に俺の落ち度だ。

エレベーターが一階に着く。結衣に連絡しようと思っていたが、秋本の手前、電話をかけづらい。

「……あ、結衣……と……今澤さん……」

「え」

秋本の視線の先には、結衣の手を握っている今澤の姿があった。

何やってんだ今澤！

俺は衝動的に、あいつらのもとへ走る。そして、今澤の腕を握りつぶすように掴んだ。

「お前ら、何やってんの？」

極めて冷静に言ったつもりだったが、今澤の顔に恐怖がにじんでいる。

「す、すみませ……」

「みっ、湊さん！　やめてください」

結衣は今澤を庇《かば》うように立った。それがひどく癪《しゃく》に障る。

結衣が、悲しげに俺を見ている。

俺は今澤の腕を掴む力を緩め、解放した。

俺が、悪いのか。

「……邪魔したのは俺のほうか。すまなかったな」

二人から離れ、背を向けて、足早に歩き出す。

出張中、二人に何かあったのか。ただならぬ空気を感じるのは気のせいじゃないはずだ。

結衣が追いかけてくる様子もない。俺は曲がり角を曲がる。すると、後ろからこつこつとヒールの音が聞こえてきた。

「結衣……」

結衣かと思って振り向いたそこには、秋本が息を切らして俺を見つめる姿があった。

「……なんだ。お前か」

秋本はピンクの下唇を噛みしめながら、怒られた子供のような顔をして俺を見つめている。

「お前もあの場所にいたのか」

「はい」

頭に血が上っていて、秋本がどこにいたのかもわかっていなかった。一緒にエレベーターを降りたのだから、一連の流れを見てはいたのだろう。

踵《きびす》を返して家まで歩こうとすると、タタタッと駆け寄ってきて俺の横に並ぶ。

「……私、今澤さんとは、今日別れたんです」

「は？」

「どうしても、好きな子がいるからって……今日のお昼、メールが来て」

メールで別れ話かよ。今澤はやっぱり小さいやつだな。

「……で、お前はどう言ったんだよ」

促《うなが》すと、秋本がまた、花のようなピンク色の下唇を噛む。

「私にも……好きな人がいるから、別れてもいいよ、って……」

「はっ。似た者同士だったわけだな」

今澤が好きな女が結衣であることは明白だ。いやこの際、あいつが誰を好きでもいい。

さっき、結衣が俺より今澤を庇《かば》ったことが、そして今も追ってこないことが、俺は——

苛立ちが収まらない。

俺の物言いに、秋本は傷ついたような表情になる。それがまた、苛ついて仕方ない。

「もう、帰れ。なんでついてくるんだよ。今の俺は何するかわかんねぇぞ」

「いいです、何されてもっ……」

媚《こ》びるような瞳をキラキラさせて、俺の返答を待つ。

その顔、イライラするんだよ。

「湊マネージャー……触ってください」

黙って突っ立っている俺の手を秋本が掴み、自身の豊満な胸に押し当てた。

ぐいぐいと押すものだから、柔らかでハリのある感触が、ダイレクトに伝わってくる。

「……どういうつもり」

「好きに使ってください。私の体……湊マネージャー……」

秋本が、俺に体を預けてきた。彼女の甘い匂いが鼻腔をくすぐる——が、俺には何も響かない。

俺の心の中には一人しかいない。

結衣。

俺の想いは、邪魔だったのか？

「きゃっ……」

秋本が小さく声を上げる。彼女の二の腕を掴んで強く押し戻したからだ。

「……悪い。もう、帰って……」

俺のかすれた声を聞くと、秋本は胸元を直し、小さく礼をして帰っていった。

＊＊＊

蒼佑さんのもとに走り出そうとした私の腕を、今澤さんが掴んでいる。その強さは動かすと痛いぐらいだった。

「湊さんに誤解されちゃったみたいだね」

そう言いながらも放してくれない。

「あの、放してください」

「俺、別れたんだ。秋本さんと」

「えっ、いつの間に？」

今澤さんの顔を見つめると、切なげに微笑み返された。

「好きな子がいて、どうしても諦められないからって伝えたら、『私も好きな人がいるから』って言われた」

沙梨の好きな人――

そんなの、さっきの様子を見たら想像がつく。

でも……。なんで沙梨が追いかけてるの？　蒼佑さんの彼女は私なのに。

私が、追わなきゃいけないのに。

「腕、放してください……」

「俺は、三谷さんのこと好きだよ。湊さんにはかなわないかもしれない。でも、君が入社した時から、ずっと好きだったんだ」

今澤さんが、私の両腕を握って、熱弁する。

嬉しくないことはない。

少し前なら、きっと涙が出そうなほど嬉しかった。

でも、もう私の気持ちは……

「ごめんなさい、今澤さん。私も、大好きでした」

「それなら――」

「でも、今は私、湊さんがいいんです。湊さんじゃないとダメなんです」

腕を掴む手が少し緩んだ。

「すみません。追いかけます……っ」

その隙に、蒼佑さんが歩いていった方向へ走り出そうとすると、大粒の雨が降ってきた。

ザアアと雨脚が強まる。

私と今澤さんはすぐにずぶ濡れになってしまった。でも、それも心地いい。雨が涙を隠してくれるから。

「う……ううっ……」

雨の中、今澤さんは、嗚咽を漏らす私をぎゅっと抱きしめた。

「すみま、せん……」

私を抱きしめる今澤さんの手を解く。

「好きだよ」と今澤さんは言ったけれど、やっぱり私の気持ちはここにはないのだ。それがわかったのか、「やっぱりダメかぁ」と今澤さんが笑った。

「すみません……すみません……」

私、今澤さんのこと、本当に好きだった。でも、蒼佑さんは、完全に前の恋を忘れさせてくれた。

今澤さんは、頭を掻《か》きながら微笑む。

「俺こそ、ごめんね。……明日からは、普通の同僚として接してくれると嬉しい」

優しい今澤さんの笑顔に、涙目で頷いた。

家に帰って、すぐにシャワーを浴びた。

泣きすぎて目が腫《は》れている。鏡に映った顔は惨《むご》かった。

今頃……蒼佑さんは、沙梨と過ごしているのかな……。想像するだけで、涙腺が緩んで涙が落ちる。

電話しても出ないし、メッセージも何も返ってこない。

めそめそしながらバスルームを出てもう一度スマホを見た。沙梨からメールが入っている。

心臓は早鐘のように打ち、震える指でタップする。

そこには、文章はなく、一枚の画像だけが添付されていた。

背景は……ホテルの部屋のようだった。

この前の研修……？　蒼佑さんの黒いジャージ姿。乱れたベッドに座って、カメラに目線を向けている、蒼佑さんの姿が――

「……いやああっ」

耐えられなくて、スマホをベッドに投げつけた。

私は、どこから間違えた？

今澤さんを殴りそうな蒼佑さんを止めたのが悪かったの？

蒼佑さんは、研修で沙梨と寝たの？

今、蒼佑さんは、沙梨と一緒にいるの？

わからない。蒼佑さんが何を考えているのか……。私には、蒼佑さんしかいないのに。

蒼佑さんはもう、今澤さんよりも、誰よりも、私にとって大きな存在になっているのに。

蒼佑さんは、沙梨と一緒に朝を迎えていたの？

思い浮かぶのは……

会社ではあんなに偉そうだったり怒鳴ったりするのに、家では私に甘えるようにしたり。

「好きだ」とキスしてくれたり。
私を、優しく見つめる、蒼佑さんのことだけ——
「うう……う……」
ベッドに入り、布団にくるまって咽《むせ》び泣く。
どうしてこうなったの？
悲しい。怖い。悔しい。
……それでも、蒼佑さんに、会いたい。
こんなに好きになるなんて、思ってなかった。

第四章

瞼《まぶた》が重い。

けれど、社会人たるもの、しっかり働かねばならない。

寝られなかったので早く家を出て会社に向かい、エレベーターを待つ。人もまばらにしかいないから、仕事もはかどるかもしれない……

ふあぁあとあくびをしながら口に手を当てると、後ろに人が立った。同じくあくびをしている。

つい振り向いたら、その人と目が合って苦笑いし合った。情報システム部の村田さんだ。

「おはようございます、村田さん」

「おはよう。朝早いねー。えっと……営業部の子だよね？　湊さんのアシスタント」

「はい、三谷です」

「あー、そうそう、三谷ちゃんね！」

エレベーターが来て二人で乗り込む。

昨日は、結局蒼佑さんから連絡はなく……

昨夜、沙梨が一緒にいたのは明らかだ。だけど、蒼佑さんを好きな気持ちはどうしても消せない。

「あ、ついたよ。営業部」

情報システム部のフロアは営業部の上の階にある。村田さんに頭を下げて降りると、目の前に蒼佑さんがいた。いつもと変わらない、漆黒の瞳に長い睫毛《まつげ》……に、冷たい目で見下ろされる。

「お、おはようございます……」

「……ああ。おはよう」

迫力に怯みかける私を見もせず、蒼佑さんがエレベーターに乗り込む。

「湊さ～ん！　おはよ～っす！」

「おはよう。元気だな、村田。いいことでもあったのか？」

そうして、エレベーターの扉は閉まった。

ほとんど人のいないオフィスで、自分のデスクについた。

蒼佑さん、冷たい目だったな。

もう、私のことなんてどうでもいいのかな。

ぐす……と鼻を鳴らし、ハンカチを出して目元を拭いた。

ここには仕事しに来てるんだから。私情を挟んじゃダメ。メールボックスを開けて、片っぱしからチェックしていく。

蒼佑さんからは夜中に新たな依頼が飛んできている。昨日作った見積りはお気に召してくれたようで、差し戻しはなかった。

明け方四時にもメールが来ている……。この時沙梨は、蒼佑さんの家のベッドで寝ていたのかな。

私が蒼佑さんの家に泊まった時も、たまに蒼佑さんはベッド横のテーブルで仕事をしている。

私は「寝てていいぞ」と言われて、眠気に負けて寝ちゃうんだけど。

キーボードを軽やかに打ちながら、黒いコーヒーカップに淹《い》れたブラックコーヒーに口をつけて仕事をする蒼佑さんの姿を見つめるのが好きだった。

仕事が終わると、一緒にベッドに入って、私の髪を撫でながら抱きしめてくれて——

だめだ。また涙が出ちゃいそう……

ハンカチで目元を拭っていると、蒼佑さんがデスクに戻ってきた。

私は慌ててハンカチを隠し、仕事に打ち込んでいるふりをする。

「三谷、今日のスケジュールだけど」

「は、はい」

気まずいのは蒼佑さんも一緒だと思っていたのに、蒼佑さんは何も気にしていないような顔で、隣の椅子にどっかりと座る。

「急で悪いんだけど、今日望月ホールディングスに行ってくるから。日帰りだけど、戻るのは定時後」

「はい」

急いでスケジュールを確認して頷く。蒼佑さんの指示は速いから、泣いてる場合ではない。

それより、つい先日今澤さんと私が行ったばかりなのに、蒼佑さんがまた行くなんて、どう考えても尻ぬぐい……

「すみません、私たちの力量不足で……。桐野さん、怒っていらっしゃいますか……？」

「怒ってはいねーけど。まあ、他にも望月ホールディングス繋がりのクライアント先で商談があるからな」

「そうですか……」

その後も細かい指示を受ける。すべてメモし終わって顔を上げると、蒼佑さんが私を見つめていた。

意志の強い眼差しに、金縛りにあったように動けなくなる。

「……昨日、電話に出られなくてすまない。着信に気づいたのは明け方で――」

「いえっ、もうそれはいいんですっ。ちょっと飲み物買ってきます！」

やだやだやだ、沙梨といた話なんて聞きたくない！

私は慌ててお財布を持って立ち上がり、蒼佑さんを残して走った。

「三谷！」

えっ、お、追いかけてくんの!?

本気で走られると、歩幅が全然違うわけで、すぐに追いつかれる。っていうか、長身でスーツ着てる人の全力疾走は怖い！

「きゃあああ！　湊さん、こっち来ないでくださいっ」

「はあ!?　失礼なやつだな、お前」

同じオフィスで早朝勤務をしていた何人かが振り向いたが、それを気にする余裕もない。全力の追いかけっこはエレベーター前まで続いた。

「はあ、もう、汗だくです……」

「お前が逃げるからだろう」

盗み見るように視線を送ると、蒼佑さんの額にもうっすら汗が滲《にじ》んでいて、ドキッとした。

フロアごとにある自動販売機まで、無言で歩いていく。

立ち止まってお財布を開けて小銭を探していたら、蒼佑さんが先に千円札を入れた。

「先に好きなの押せ」

「え。いいですよ、自分の分は自分で出しますから」

そう言うと、蒼佑さんはすこぶる機嫌の悪い顔で私を睨みつける。

「いーから。モタモタしてるとミックスジュース押しちまうぞ」

「そ、それは困ります」

「さっさとしろ」

私が、ミックスジュースを苦手としていることを知っての発言だ。しぶしぶ、ミルクティーを押した。

蒼佑さんは涼しい顔をして「甘いの好きだよな」と言い、次いで無糖缶コーヒーを押す。

そっけない言い方。

だけど、やっぱり好きだなぁ。蒼佑さんのことが……

蒼佑さんの気持ちは、どうなのかなぁ。

自動販売機の横には、三脚の椅子と観葉植物の大きなパキラとくずかご。

蒼佑さんは、真ん中の椅子にどかりと座った。私は、パキラの前で立ったままでいる。

「座らねえの」

足を組みながら、長い指でプルタブを開ける蒼佑さん。顎《あご》をしゃくるようにして、右側の椅子を勧めてきた。

「狭いですし……」

「そんなデカいケツでもないだろ」

しれっと最低発言……

まあ、この手の発言は付き合う前から時折見受けられた。言う人が変われば百パーセントセクハラだ。この人だからこそ許されている、ある種の特権。

でも、なんかむかむかする。

沙梨のヒップは、女性らしくて丸みがあって、触りたくなりそうなお尻だもんね！

「ちょっと失礼しますっ」

わざと蒼佑さんを押しのけるように座り、ふんっとそっぽを向いた。

「何か怒ってんの？」

「別に、怒ってません」

「おい。三谷。三谷ちゃーん」

希少な蒼佑さんの猫なで声にもツーンとして振り向かない。

「結衣。こっち向いて」

呼び捨てにぐっとくるけど、それでも振り向かない。

蒼佑さんは、飲み終えたコーヒーの缶を持って立ち上がる。

「あ、もう行くんですか。私も……」

私も急いで飲み干して立ち上がろうとすると、蒼佑さんが背を屈めて顔を近づけてきた。

「わ、近――」

瞳の奥を覗かれたあと、言葉を塞ぐように唇が重なった。

SIDE　湊蒼佑

結衣が驚きに目を丸くしている。

俺はその無防備な唇に、無意識にキスしていた。

たぶん、エレベーターホールにいるやつらには、観葉植物の陰になって見えてねえだろ。

やっと触れられた唇だが、すぐに離れて缶を捨てる。結衣はぼーっとして動かない。少しして
やっと我に返ったのか、わなわなと怒り出した。

「………こ、こんなとこで………」

結衣の顔は真っ赤になっていた。

「しかたねーだろ。顔が近づいたらするだろ」

「しませんよっ」

心なしか、震えている気がする。そんなに嫌だったのか？

「カリカリ怒んなよ。そんなに俺が嫌か」

唇をぎゅっと噛んでいる結衣は、肩を震わせながら、首を横に振った。

「好きですよっ……。もう他の人なんて、入る余地ないですよ。蒼佑さんでいっぱいです。どうしてくれるんですか……！」

結衣の瞳から、ぽろぽろと涙が落ちる。

その姿を見ていると、ここが会社ということも忘れて抱きしめたい衝動に駆られた。それを抑えて、結衣の手を取った。

「いやっ」

「えっ。なんでだよ」

やっと想いが通じたような、舞い上がるような心地なのに、思いっきり手を振り払われる。

もう、わけがわからない。

俺のこと好きって言ったのに、なぜだ？

「でも、蒼佑さんは沙梨と一晩過ごしたんですよね……。画像、見ました。研修の……」

「え？　研修？」

秋本と一晩？　画像？　なんのことだ？

追及しようとした瞬間、エレベーターホールのほうから「湊さーん！　外線ですー！」と俺を呼ぶ声が聞こえた。

「ああ、今行く」

結衣はそっぽを向いている。まだ話をしたかったが、やむなく先にデスクに戻った。

俺宛ての外線電話は望月ホールディングスの桐野さんからだった。メールで済むような用件だったが、丁重に対応する。

『湊さんが対応してくれると安心しますよー。この前の子も初々《ういうい》しくて可愛かったけどねえ……』

電話を肩に挟みながら、ピク、と眉が上がる。初々《ういうい》しくて可愛いのは今澤……じゃねえよな。

「恐れ入ります。今澤がまた桐野さんにお話を伺いたいと言っていましたよ。次回は今澤を可愛がってやっていただけるとありがたいですね」

時計を見ると、もうそろそろ出発したほうがいい時間だ。早々に電話を切り上げ、自席でちんまりと座っている結衣のところまで歩いていった。

「もう会社出るけど、追加でこれ、問い合わせを頼む。向こうに到着するまでに」

「……」

結衣はじっと固まったまま返事をしない。よくよく顔を見てみると涙をためていた。

「……結……」

うっかり名前を呼びそうになったところで、今澤が出社してきた。

「おはようございます」

「……ああ。おはよう」

結衣は俺には視線を向けず、今澤に会釈《えしゃく》をする。

「……どうしたの？　三谷さん」

「いえ、なんでも……おはようございます」

今澤に話しかけられて、生返事をしている結衣から離れ、荷物を持ってオフィスのドアを開ける。

結衣こそ、昨夜今澤と何かあったんじゃないのか。

苛立ちを感じながら、なかなか来ないエレベーターを待つ。その時、背後にあるオフィスのドアが開いた。

振り向くと、澄ました顔の今澤がいた。

「湊さん、一件承認をお願いしたいのですが、何時頃帰社されますか？」

「定時後になると思うけど、何」

……冷たく言い放ってしまったが、今澤は気にすることもなく、内容をかいつまんで知らせてきた。

こいつは、すぐ激昂する俺と違い、いつも温厚で、取り乱す姿を見たことがない。

こういう人間のほうが、女性は安心するんだろうな。

「あ、エレベーター来ましたね。下までお見送りします」

下りのエレベーターには誰も乗っていない。今澤に促《うなが》されて乗り込む。

野郎と二人きり。居心地悪《わ》りぃ……

俺は、痺れを切らして今澤に目を向けずに尋ねた。

「……で、なんだよ。なんか俺に言いたいことあるんだろ」

「おわかりでしたか？」

「誰でもわかるわ」

わざとらしく、そこまで急ぎでもない件でついてくるはずがない。昨日の話がしたいのはわかってんだよ。

俺の苛立ちをよそに、今澤は静かに笑ったあと、淀《よど》みなく言い放った。

「三谷さんを大事にしてください。信じてあげてください。それだけです」

到着音が鳴り、エレベーターの扉が開く。

今澤は開ボタンを押したまま、にこやかに「つきましたよ」と俺に降りるよう手で示した。

なんでお前に言われなきゃならねえんだ……

振り向くと、今澤は明らかに敵意のある眼差しで、にこりと笑っている。

「………お前に言われたくねえ！」

反撃にも、微笑んでいるだけ。

くそ。なんで負けたような気分にならなきゃいけないんだ！

「行ってくる！　しっかり働けよ！」

「はい。いってらっしゃい」

俺は、今澤に手を振られ、憤《いきどお》りながら駅まで向かった。

移動中とはいえ、仕事中にこんなことをしたくはないが——

新幹線に乗る前に喫煙所に立ち寄り、会社に電話をした。

大きな空気清浄機と灰皿が三台ほど設置されていて、先客が二人いる。

『白鳳情報システムでございます』

「営業部の湊です。三谷さんいるかな？」

『少々お待ちくださいませ』

総務から営業部まで電話を回してもらう間、俺は少し急くように煙草《たばこ》に火をつける。空に煙が立ち上っていく様子を眺めながら、結衣が出るのを待った。

今は、ただただ声が聞きたい。

『はい。お電話代わりました。三谷です』

「結衣か」

『……仕事中、です』

結構勇気を出して名前で呼んだというのに、そっけない返しだ。オフィスの周りに誰がいるかわからないから、仕方ないことなのかもしれないが。

「じゃあ、返事しなくていい。結衣」

『…………』

「お前が何を誤解してるのかわからんが、別れるつもりなんてないし、秋本とも何もないからな」

『……………』

自分から、返事をしなくていいと言ったものの、本当に聞いてるのかいささか不安になりながら、俺は話を続けた。

「結衣。聞いてるか。ずっと好きだったんだ。俺だって、他の女が入る余地なんてねえんだよ。だから……」

だから……

「け……」

『け……？』

けっ……

「結婚……するつもりだから。いずれ、お前が望む時期に……、必ず……」

前で喫煙中のオッサンが俺を見てニヤニヤしている。隣の女性も、じっと俺のほうを向いている。

なんだこの辱《はずかし》めは……！　顔が上げられん。

「おい、結衣。き……聞いてるのか？」

口元を隠しながら小声で確認をする。すると、まったく動じていない結衣の声が聞こえてきた。

『はい。それでは、出張、お気をつけて。切りますね』

「へ？　あ、ああ。じゃあな！」

ぷつりと電話が切れた。

オッサンと女性の視線を避けるようにしつつ煙草《たばこ》を灰皿に押しつける。結衣の超冷静な返事に、俺の渾身《こんしん》のプロポーズが寒々しくてスベったかのようだ。

「……兄ちゃん。頑張んなよ」

オッサンにはお見通しだったのか、生暖かい笑顔で俺の肩を叩く。女性も、お疲れさまといった風情で俺に会釈《えしゃく》している。

いやいや待て。フラれてはいないはずだ。向こうの状況を考えると、返事はムリだし、けして、断られてはないはずだが……

なんともすっきりしない状況で、俺は新幹線に飛び乗った。

クソ。やっぱり、顔を見て言えばよかった。

でも、誤解を解きたかったのだ。なぜ秋本との関係を誤解したのかわからんが――

――好きですよっ……。もう他の人なんて、入る余地ないですよ。蒼佑さんでいっぱいです。どうしてくれるんですか……！

新幹線の座席から外の風景を眺める。朝、結衣が叫んだセリフが、頭の中を巡っていた。

出張から帰ってきたら、一番に会って抱きしめたい。

そう思いながら、目を閉じた。

蒼佑さん……何言ってんのっ……！

私は、受話器を両手で押さえたまま、動けずにいた。

電話でプロポーズって……！

じゃあ、沙梨が撮った写真はどう説明つけるつもり？　事を終えて一服してます感満載の、エロ写真は！

「……三谷さん？　どうしたの……？」

デスクに戻ってきた今澤さんが、不自然な体勢のまま固まっている私に声をかける。

「いえ……大丈夫です」

「また湊さんに何か言われたの？」

「まあ、そんなようなものです……」

今、私の顔はきっと、すごく赤い。

「ちょっと飲み物買ってきます」

少しだけ席を外し、冷たい飲み物を買いに出た。

さっきは涙で剥《は》げたファンデーションを塗りなおしたばかりなのに、今度はコールドほうじ茶で顔のほてりを鎮めている……

蒼佑さんの、なりふり構わない強い言葉に、心全部が揺さぶられる。本当に、いつの間にこんな好きになっていたんだろう。

結婚。かぁ……

交際期間は短いけど、入社時から蒼佑さんのそばで働いてきた。彼がどういう性格かもわかっているつもりだ。

口は悪いし仕事も厳しいけど、情に厚くて優しい人だと思う。

「……仕事しよ」

蒼佑さんに頼まれたことをしっかりやろう。それをやり終えたら……自分で聞きに行こう。沙梨のもとへ。


ランチの時間になるぎりぎりまでやって、なんとか蒼佑さんの依頼はきりのいいところまで仕上げられた。残りは、自分の仕事だけだから、午後からやれば問題ないだろう。

バッグを抱えてエレベーターに乗る。人事部はもうお昼休憩中だろうか。

沙梨に、直接聞いてみよう。あの写真は何？　――って。

「あ、結衣。お昼？」

沙梨はまだデスクにいて、そろそろランチに向かうような雰囲気だった。

「うん。沙梨と一緒にランチできないかなと思って」

「結衣から誘ってくるの珍しいね？　いいよー。行こう」

沙梨……笑ってるけど、元気ない……？　いや、でも情けは禁物。ちゃんと話を聞いて、言いたいこと言わないと、また沙梨のペースに巻き込まれちゃう。

隣の駅ビルの和食のお店に行くことになった。二人でエレベーターを待つ。

あの写真の話をどう切り出せばいいのかわからない。沙梨もしゃべらないままで、二人で黙っていた。

会社のビルを出た時に、沙梨がバッグから何かを出した。

「これ、結衣にあげる」

「あぁ……ありがと」

甘い甘いミルク味の、紙に包まれた丸いキャラメル。沙梨のキャラにぴったりな、可愛らしい甘いミルクのママの味。入社時から持ち歩いていて、よくくれたっけ。

「………」

そのキャラメルをぎゅっと握りしめて、私たちは和食屋さんまで歩いた。

この時間帯、外のお店はどこも混んでいる。少し待つと、カウンター席が空いた。

丸いキャラメルをバッグに入れて、私と沙梨は隣り合って座る。

今日のこのお店の日替わり定食は鯵《あじ》の南蛮漬けと豚汁。これは日替わりにするしかない。

「日替わりにしようかな」

と、沙梨が言った。

「私も」

沙梨とは、食の好みがわりと合う。ここで、蒼佑さんなら、お刺身定食に行くと思われる。日替わりを二つ頼んで、コップの水を飲む沙梨。指先はぬかりなく愛らしいネイルを施してるし、耳元には流行を追いかけすぎない、控え目に揺れて輝くピアス。

おしゃれよりもモテ。沙梨を見ていると、徹底していてすごいなと思う。たぶん、営業にも向いている。少なくとも、私よりはずっと……

食べてから言ったほうがいいのかな……

まさか、修羅場にはならないと思うけど……

言いたいことを我慢しがちな性分のせいか、どうしていいのかわからない。でも、蒼佑さんにぶつける前に、沙梨の口から聞いてみたいのだ。

「あのね。沙梨。昨日の……湊さんのことなんだけど」

「あ、来たよ。日替わり」

くう。押しが弱い自分が嫌になるけれど、まあ、いっか。ご飯には罪はないし。

「いただきます」

「いただきまーす」

沙梨は、全然あの写真には触れないし、昨日蒼佑さんといたことも話さない。研修のことにも触れない。

でも、今は鯵《あじ》の南蛮漬けがおいしそうだし、沙梨の円《つぶ》らな瞳が、いつもと違って少し赤い気がするから……おいしく食べよう。


「あーおなかいっぱーい、幸せー」

「あのお店いつもおいしいよねぇ」

「ほんとほんと。ハズレないよね」

はっ。

蒼佑さんのことを聞きに来たのに、ほくほく顔でオフィスに戻っていた。おいしいご飯の威力はすごい。

デスクに戻る前に、二人でレストルームに寄った。

鏡に向かって、メイクを直す。リップを塗る沙梨を鏡越しに見た。

「……何？　何か聞きたいことある？」

視線に気づいてたのか。少し、ドキドキしながら、こくんと頷く。

「昨日の写真って、何……？」

「何って？　あのとおりだよ。湊さんの部屋で写真撮ったんだぁ。かっこいいでしょう？」

「湊さんの部屋で……？」

「うん。何か問題ある？」

沙梨はしらっとした冷たい瞳で、前髪をチェックしている。

「だって、沙梨……今澤さんと付き合ってたんじゃないの？」

「付き合ったけど別れたの。ダメ？　それに、部屋行くぐらいよくない？　何がダメなの？」

ダメっていうか……いや、全部ダメだと思うけど、そんなに堂々とされたらこっちが間違っているのかと思う。なんか話がズレていく。

今澤さんのことなら、私がずっと好きだったの知ってたのに──と言いたいけど、私ももう、蒼佑さんと付き合い始めてるし……

沙梨は、冷たい顔のまま、ポーチにリップとファンデーションケースをしまっている。もう仕事に戻らないといけない時間だ。

「沙梨……」

「何？」

「私、湊さんと付き合ってる。だから、送ってきた写真を見て、ヤキモチやいたし不安になったの。隠しててごめん」

「……きれいごと好きだよね、結衣って。そういうところが嫌いなの」

心がぐさりとナイフでえぐられる。

けど、私も社会人になって、蒼佑さんにしごかれて、ダメ出しされて、心臓鍛えられたんだからね！

「汚いより……簡単に人を裏切るより、きれいごとが好きなほうが、よっぽどいいと思う。沙梨にとってはこれもきれいごとだろうけど。……じゃあ、営業部戻るね」

沙梨は、何も答えてくれなかった。

ああいうこと言われるだろうなって、ちょっと思ってた。

きれいごと好きなのは自覚してるし。自分でも、偽善者だと思うもの。

でも、奔放《ほんぽう》な恋愛して、敵を作って、一人になっている沙梨と一緒にいたのは、偽善だけではなかったはずなんだけど……

沙梨と過ごす時間はいつも楽しかった。

ぐっと喉が詰まるけれど、業務が終わるまでは、泣かない。


席に戻ってメールボックスを開くと、蒼佑さんから怒涛《どとう》の見積り依頼が届いていた。一通り読んで、大型案件の注文がいただけそうなんだ……とにんまりする。

そうなるとこれから仕事が忙しくなるのだけれど、営業部で育ってきている私にとって、受注はやっぱりワクワクするし嬉しいものなのだ。

よかったね。蒼佑さん。

キーボードをカタカタ打ち鳴らして、見積りを作る。

――きれいごと好きだよね。

――そういうところが嫌いなの。

沙梨に突き付けられた言葉が浮かんでは、手が止まりそうになる。

思ったよりこたえているのだろう。でも、仕事が終わるまでは頑張らなきゃ。

定時を過ぎた頃、やっとホワイトボードを見て他のみんなのスケジュールを確認する余裕ができた。

蒼佑さんは定時を過ぎるって言ってたし、部長も、今澤さんも直帰予定。他のメンバーも帰る用意をしている。

蒼佑さん……帰ってくるかな。

望月ホールディングスに日帰りで行くって、かなり大変なことだと思う。

蒼佑さんは、私が入社した時からそんな感じで、しょっちゅう行き来していたけどね。

お仕事が大変な中で……蒼佑さんは朝、「結婚するつもりだ」って、言ってくれたんだ。

きゅう、と胸が詰まる。

デスクに置いてあったミルクティーを飲み干して、気合を入れ直す。

頑張らなきゃ。蒼佑さんの話も、沙梨のことも、今は横に置いておいて。

私ができることをしないと、何にも貢献できていない。

タン、とエンターキーを押して送信。

「ふー……やった。終わった」

周りには誰もいない。もう二十一時を少し過ぎていた。

蒼佑さんはまだ帰ってきていない。フロアの鍵を締められたら入れないのに、間に合うのかな。

頭がもう燃えカスのようだ。甘いもので糖分チャージしないと。と、バッグの中を見たら、キャラメルが入っているのが見えた。沙梨がくれたミルク味だ。

沙梨め。

人のこと、きれいごと好き呼ばわりしてさ。

沙梨だって可愛いキャラやっているくせに、あんな意地悪、ちゃんと言えるんじゃん。

そのほうがよっぽど人間らしいと思ったけれど、敵も作るだろうな。

紙を剥《む》いて口の中にころりとキャラメルを転がす。

私はこの味に何度癒《いや》されてきたかわからない。

ひとつ溜息をつき、腕をうーんと大きく上げた時、オフィスの入り口が開いた。蒼佑さんが帰ってきたのだ。

「――まだいたのか」

スーツのジャケットが外の匂いを引き連れてくる。蒼佑さんの香りと混じって、大好きな匂いになっている……

「お帰りなさい」

「ああ」

蒼佑さんはネクタイをぐいっと緩めながら、バッグと資料の入った紙袋を私の足もとにどさりと置いた。そして、じぃっと私を見る。

「見積り、できたんだな。ありがとう」

「はい……」

蒼佑さんが……結婚とか言うから、ちゃんと返事できないよ。

心なしか蒼佑さんも口数が少ない。疲れているだけかもしれないけど。

「パソコン落とせ。帰るぞ」

「え、あ、は、はい」

そろそろ帰ってくるのは予想できていたはずなのに、もたもたシャットダウンする。なんか緊張してしまって。

「来るんだろう。俺の家に」

「…………あの」

「……何？」

蒼佑さんは眉間に深い皺《しわ》を寄せ、私の返事を待つ。

漆黒の双眸には私の戸惑う顔が映っている。この鋭い瞳に射抜かれてしまいそうだ。

口の中のキャラメルが甘い。

甘くて、甘すぎて涙が出る。

昼間我慢していた涙が、今零《こぼ》れた。

「…………なんで泣くんだ」

蒼佑さんは隣の椅子に腰かけると、眉間の深い皺《しわ》を少し緩めて、長い指で零《こぼ》れた涙を拭ってくれる。その指からは煙草《たばこ》の香りがした。

「あ……な、泣くつもりは……」

慌ててバッグから淡いブルーのハンカチを取り出したけれど、そのハンカチごと手を引き寄せられた。

その勢いで椅子のキャスターが転がり、蒼佑さんとまともに向かい合う形になる。意志の強さを感じさせる目元は、私の瞳の奥を探るように見つめていた。形のいい唇が少しだけ開く。

「……何か食ってる？　甘い匂いがする」

蒼佑さんの言葉が終わると同時にキスされて、キャラメルを奪われた。

「甘いな」

そう言って蒼佑さんは奪ったキャラメルを口の中で転がしている。甘いものが苦手なせいで、渋い顔をしていたけれど、私の胸の痛みも一緒に引き受けてくれたように感じて、思わず笑ってしまった。

「今度は笑ってんのか。女はよくわかんねえ」

「女で括《くく》らないでください……」

赤い目をしながら反論する私に、蒼佑さんは苦笑する。

「結衣。帰ろう」

手を差し伸べられ、頷きながらその手を取る。

蒼佑さん。

私、蒼佑さんがイケメンじゃなくてもきっと好きになったと思う。

むしろ、イケメンじゃなかったほうがもっと早く好きになったかもしれない。

繋いだ手は、大きくて優しい。

この人の奥さんになって、この手と一緒に歩んでいく未来は、どんなものになるだろう……

蒼佑さんの家に着いた。

前にここに来てからそんなに日数も経っていないはずなのに、出張を挟んだ分と誤解を重ねた分、すごく久しぶりに思える。

出張前、恥ずかしいお仕置きをされたのが最後だった。

「なんか、やっと二人きりで会えた感じがしますね」

リビングでジャケットを脱いでいる蒼佑さんに話しかけると、彼はジャケットをソファの上に放り投げ、私を抱きしめる。

「……我慢できねえ。ベッド行くぞ」

獣の唸り声にも似た、低い男の声に体の芯が熱くなる。が、こんなに汗をかいて働いたあとは、乙女の心情的には厳しいものがある。

「あ、シャワーを……今日たくさん働いたので」

「いいだろ。そんなの。俺だって一緒だよ」

「ダメですよ！　私今きっと、いろんな匂いがしますから」

「……どんな匂いだよ。嗅《か》がせろ」

「無理ですって！　ん、んっ」

唇を強引に塞がれてしまって、もう何も言い返すことができない。

その後手早くジャケットを脱がされ、スカートを捲《めく》り上げられ、網タイツ模様のストッキングにキスが落とされた。

「いやああ。変態ーっ」

「お前、彼氏に向かって変態とはなんだ。わかったよ。風呂溜めりゃいいんだろ」

蒼佑さんの顔には不服が滲《にじ》み出ていたけど、必死で頷き、やっと逃してもらえた。だって……きれいな体になって、朝の返事がしたいんだもん。


蒼佑さんの家のバスルームは、ダークストーン調のパネルにミディアムグレーのざらりとした床。

先に蒼佑さんが入っていて、私はバスタオルを巻いた姿でそこに足を踏み入れる。けど……なんか、恥ずかしい。それに、まだ謎は解けていないのだ。

そんな戸惑いを浮かべる私に、蒼佑さんはお湯を弄《もてあそ》びながら言う。

「お前……やっぱりなんか、前よりよそよそしくないか」

「そ、そんなことないですよ」

「言いたいことがあるならはっきり言え」

む。高圧的。

そっちが怪しいことしてるのに。

「……じゃあ、言いますけど……」

先に、沙梨の口から事実を聞きたかったけど……仕方ない。

じっと見つめると、蒼佑さんは少したじろいだような素振りを見せる。

「湊さん。沙梨と一晩過ごしたんですか？」

「は？」

整った顔立ちなのに、口を開けて間抜け面で固まっている蒼佑さん……

「……それ、朝も言ってたけどなんなんだ？」

「知らばっくれないでくださいね！　証拠はあるんですから！」

「なんの証拠だよ」

「エッチのあとの気だるい湊さんが送られてきたんですから！　いつもあんな感じですよ、エッチが終わったらすぐ水飲んで！」

「いや待て、本当に知らねえんだけど」

「本当ですか!?」

バスタブの中にいた蒼佑さんがざばっと立ち上がる。隠すものも隠さないであまりに堂々としているから、思わず目をそらすと、蒼佑さんはシャワーヘッドを取り上げ、私の肩にお湯を当ててきた。巻いたバスタオルが濡れて重くなる。

「嘘ついてどうすんだ。別に俺、浮気なんてしてしてねえけど」

「だってっ……！」

「そういう結衣こそ、どうなんだ……ってもういいや、それは。ここでこうして俺と一緒に風呂入ってることがお前の答えだろう」

そう言うと、ボディソープを手に取り、両手で泡立てて私の胸を包むようにする。バスタオルが落ちる。

「く、くすぐったいです……」

「じっとしてろ」

わざとなのか、蒼佑さんが胸の先を指で何度も滑らせる。

「もう……ッ」

「硬くなったな」

甘く、低い声で、私の耳元で囁《ささや》くようにして、まだ先を虐《いじ》める。胸だけなのに、体の芯まで刺激が届いてくる。

「ん……ん」

「いい声だ。下も洗うか」

「それは自分でしますっ。湊さん、のぼせるでしょうから先出ててください。すぐ追いかけますから」

「そんなにすぐのぼせねえよ」

蒼佑さんの腕が下りてきた。恥骨のあたりを撫でたかと思うと、一気に割れ目へ進む。蒼佑さんは、鋭く微笑んで、私を壁に押し付けた。

そして、口内をなぞり尽くすようなキスをしながら、襞《ひだ》の中へと指を進める。

「やだ……」

「なんで」

「そんなことされたら、エッチしたくなっちゃう……」

理由を聞いた蒼佑さんは不敵な笑みを浮かべる。

「そうなるように仕向けてんだよ。必死でな」

また唇を塞がれた。

まず話がしたいのに、そういう展開にはさせてくれないみたいだ。蒼佑さんは私の肌に食らい付き、私を貪《むさぼ》り尽くそうとする。会えなかった分、不安になった分、肌で探ろうとする。

「あ、ぁっ」

くちゅくちゅと秘穴を弄《いじ》られてバスルームに淫靡な声が響く。丁寧に解すように掻《か》き回して、愛液で潤《うるお》うまでじっくりと愛撫を続ける。私が腰をくねらせても、捩《よじ》っても構いはしない。蒼佑さんの中指が、花蕾をぬるりぬるりと探り、襞《ひだ》の中に沈んでいく。

優しく、柔らかく円を描くように奥を掻《か》き混ぜられ、とぷりと蜜が垂れてくる。優しく、じっくりと掻《か》き回されているうちに、奥が収縮し始めてきた。それに気づいたのか、蒼佑さんは時折私の首筋にキスを落とし、甘く視線を絡ませる。深い黒に吸い込まれそうだ。

「……みな、と、さん……っ」

「……ん？」

わかっているくせに――私が、恥ずかしいほど濡らしてしまっていることだってもう知っているくせに、蒼佑さんは気づかないふりをして小首を傾げる。

切れ長の漆黒の瞳に私の瞳が映ったあと、唇が重なる。

「………もう、我慢できないだろ？」

「っ、ち、がいます……」

「違うのか？　俺は、我慢できないよ」

耳から蒼佑さんの囁《ささや》きが流れ込む。骨ばった手が私の胸を丸く包み、やわやわと揉み始めた。硬くなった乳首を指先で擦られて、きゅっとつままれる。ビクッと体が震えても、蒼佑さんの右手は秘穴を掻《か》き回し、左手は乳房を揉みしだき続けている。

「あぁっ……だめです……イッちゃう……もう、やめて……」

「いいよ。イケよ」

「やだ……っ。一緒がいいのにっ……」

奥が熱くて眩暈《めまい》がする。愛撫をし続けてくれている蒼佑さんの呼吸も荒い。蒼佑さんが、淫らな穴を掻《か》き回すたび、愛液が飛び散り、ぐちゅっぐちゅっと水音が響いた。

「結衣、イクところ見せて。俺の指挿《い》れられたまま、イッて」

「やだ、やだぁっ……」

乳房から蒼佑さんの左手が離れる。あまりの快楽に膝から崩れ落ちて手をつき、四つん這《ば》いになると、蒼佑さんに後ろから抱かれる形で座らされた。

「イッていいから……何度でも。遠慮はするな」

「あ、だって、……ひ、ひぃぃあっ！」

蒼佑さんの屹立はお尻の谷間でカチカチになっているのに、切なく濡らしている秘部には挿入してくれない。代わりに、蒼佑さんが後ろから抱きしめるようにして、両手で前から襞《ひだ》を弄《いじ》り始めた。

蒼佑さんの長く美しい指が——右手の指がクリトリスを素早く擦るようにしていて、左手の中指はぬぷりと秘穴へ入ったり、出たりしている。愛液のせいで滑るようにゆるゆると出し入れされているのと、クリトリスが左右に揺らされ、指で弄《もてあそ》ばれているのが同時に見えて頭が沸騰しそうだ。

そんないやらしい風景に、倒れ込みそうになる。

「中、すごい。うねってる……」

「だって、だって、そんなにしたらっ……あぁぁ……っ」

限界を超えた。そう思った途端、ギュウウッと中が締まり、ピシャッと液体が飛び出て、蒼佑さんの手を濡らした。

「ん、んん……んんっ……ごめんなさっ……」

腰がガクガク震える。エクスタシーをやり過ごすのに手いっぱいで、まともに謝れない。

「すみません、んっ……んう……っ」

「まだイッてるんだろ？　謝らなくていい」

「はっ、はぁーっ……はぁ……」

余韻が去らず、秘穴が痙攣《けいれん》しては、とぷとぷと蜜を垂らす。背後から蒼佑さんにきつく抱きしめられ、顔を振り向かされる。

「ああ、結衣……可愛い。可愛い……」

舌が絡み合うが、絶頂は冷めない。力なく口を開けて貪《むさぼ》られるように甘いキスを交わした。

バスルームを出て、貸してもらったバスローブを羽織ったところで、ようやく意識がはっきりしてきた。先ほどの快感はそれはもう凄まじくて……私も何かお返しをしたいと、洗面ルームの大きな鏡の前で、体を拭く蒼佑さんをぼんやり眺めながら考える。

「湊さん。私も……したいです……」

濡れた髪を耳にかけて、蒼佑さんの前に跪《ひざまず》く。恥ずかしいけど、私も蒼佑さんを気持ちよくしてあげたい。私は蒼佑さんの太ももに手をやり、そそり立っている怒張に顔を近づけた。

「……結衣」

蒼佑さんが私の手を握る。温かくつるつるとした硬い肉棒に頬ずりをし、蒼佑さんを見上げながらちゅ、ちゅ、とキスをする。蒼佑さんはぴくりと動き、繋いでいる手に力を込めた。

大きく口を開けて、もうはち切れそうな怒張を頬張った。太くて、愛しくて、どうにか気持ちよくなってもらいたくて、口いっぱいに含んで夢中になって上下する。

「ゆ、結衣……」

「……気持ちいい、ですか……？」

「……ああ……すごく」

切なげに見下ろす蒼佑さんを、ディープスロートしながら見上げる。慣れてはいないけど、どうにか蒼佑さんが気持ちよくなってくれたら……

そうしている間に、体の奥が熱くなってくるのがわかった。奥からまた愛液が湧き、太ももを伝う。むずむずしてもどかしい。口でしているだけなのに、こんなに濡らしているなんて。

「………んっ」

蒼佑さんの灼熱《しゃくねつ》を咥えながら、敏感に疼《うず》く秘部をどうにかしたくて腰を捩《よじ》ると、蒼佑さんが私の濡れた髪を撫でた。

「ありがとう。……これ以上されたらここで終わりそうだから」

「ぁあ……」

蒼佑さんは私をペニスから離し、鏡に手をつくようにと指示をした。背後から蒼佑さんの体が密着する。

「挿《い》れるぞ………結衣」

こんな場所で――。私の顔も……蒼佑さんのセクシーな表情も、全部見えちゃうのに。

屹立がぬるぬると秘部を往復する。クリトリスに亀頭が擦れ、たまらずお尻を浮かした瞬間、灼《しゃく》熱《ねつ》が私の奥までずむりと入ってきた。

「んあぁーっ……!」

すごい太さで、奥までギチギチと満たされる。

「……全部入ったな。これだけ濡れてたら、入るか」

意地悪そうにニヤッと笑われたけれど、それが様《さま》になるからずるい。蒼佑さんの微笑みは、とてもセクシーに映るのだ。会社ではただただ怖いだけの微笑みなのに。

「誰が濡らしたんですか……」

「俺か？」

「他に誰がいるんです、あっ、んっ！　や、あぁん」

軽口も阻まれるほどの律動が始まった。蒼佑さんの屹立が猛然と出入りし、うまく息ができない。寂しかった奥が何度も蒼佑さんのペニスに口づけられる。

「あっ、あっ、いや、激しいっ……あんっ、あぁ、いやあ、気持ちいっ……」

切れ切れの嬌声、揺れる髪。蒼佑さんは満足そうに突き上げ、舌を絡ませながら口内を貪《むさぼ》るように深くキスをする。鏡に目をやると、淫らな私たちが映っていて、たまらなくなる。

「もうっ、激しい……んっ、あっ、は、っ」

「激しいのも好きだろ。俺ももっと年食ったらこんなにできねえんだから、大人しく受け止めろ」

「どんな理屈ですか……っ」

蒼佑さんのセックスは、乱暴なだけじゃなくて、私の反応を見て、いい場所を狙っている感じで。今まで私は片手で数える程度しか経験がなかったとはいえ、こんなに我を忘れて喘ぐなんて初めてだ。

「あぁ、あーもう……湊さん、湊さん……気持ちっ……だめ、変になっちゃう……」

「イキそうか？」

耳朶《じだ》を食《は》まれながらダメ押しとばかりに甘く囁《ささや》かれる。本当にこの人は、私の弱いところをわかっている。鏡には、悦楽を貪《むさぼ》って蕩《とろ》けんばかりになっている女と、獣のように激しく突き上げる妖艶な男が映っていた。

「う……ぁぁイク、またイッちゃう……」

子宮の奥に心地よく重い刺激が何度も何度も加わる。ズンズンと突き上げられて一気に押し上げられ、びくびくと痙攣《けいれん》した。

「イッたか……？　でも、もう少し我慢してくれ……」

床に座り込んでしまいそうになる私を抱き上げ、蒼佑さんは腰を支えてピストンを続けた。絶頂を迎えた体は、男根をきつく締めあげる。蒼佑さんの苦悶に満ちた表情が色っぽい。

「結衣……出したい」

愛情のこもった声。蒼佑さんの首に腕をまわして頷く。

「ああ、あぁっ……湊さん……」

「っ、……」

少し遅れて絶頂を迎えた蒼佑さんは、体をこわばらせ、私の太ももに白濁を迸《ほとばし》らせた。

どろりとした精液がぱたぱたと床に落ちていくのを見たあと、蒼佑さんの表情を鏡越しに確かめる。鏡の中で目が合い、どちらからともなく微笑み合った。

二人で果てた悦《よろこ》びを噛みしめながら、再びバスルームに戻り、お互いの体を洗い流す。バスタブのお湯の中で、「ベッドでするつもりだったのに……」と蒼佑さんが呟いた時には、思わず爆笑してしまった。

でもいつも冷静な蒼佑さんが、コントロールできないぐらい私としたかったのかなと考えたら、嬉しい。

「何笑ってるんだ？」

「……可愛くて……蒼佑さんが」

名前で呼ぶと、蒼佑さんは少年のように照れた表情を見せる。

「お前のほうがよっぽど可愛いけどな……」

愛しいと伝えたくて、私は蒼佑さんの背中にキスをした。


ところ変わって、ベッドの上。蒼佑さんはごろりと横になり、私は正座。蒼佑さんに証拠画像を見せて詰問中だ。

「……俺はいつも、セックスのあと、こんな顔をしているのか」

ジャージははだけており、けだるそうにスポーツドリンクを飲んでいる。油断しているのか目は虚《うつ》ろ。そんな沙梨からの画像。素敵は素敵だが、いつものビシッと決まった雰囲気はない。

正直に言えば、たぶんイケてない画像。

「……してます」

正直に答えると、蒼佑さんの眉間の皺《しわ》が深くなる。

「だっせえ……つか、秋本の撮り方がまずいんじゃねぇのか。あいつ撮影センスねえな」

「そんな問題じゃありません！　女の子を部屋に入れないでください！」

「お前もホテルで今澤入れたんだろ。携帯だかなんだかベッドに落として。それと一緒じゃねえか」

「そ、それは」

蒼佑さんだけを詰問するのはフェアじゃないと考えて、私も出張中の出来事を打ち明け済。

「そ、そもそも、男湯と女湯間違えたって……一歩間違えたら大惨事ですよ！」

「大惨事はわかってるよ。でも俺だってわざとじゃねえしさ」

「でもそれで沙梨に全裸見られてるし、その後部屋まで来たのも蒼佑さんがジャージ忘れたからで」

こんこんと語っていたら、蒼佑さんは私にぽんと携帯を返し、ニヤリと笑った。

「そうか。妬《や》いてんのか」

「し、知りませんっ」

ぷいっと背を向けたけれど、そうだ。

私……すごく、ヤキモチをやいている。なのに、それを素直に伝えられないし、出張中の不用意な行動も強く怒れない。蒼佑さんがかっこよすぎるせいだ。

蒼佑さんの自信満々な微笑みは、見る者をどきりとさせる。造形が美しいこともあるが、この人には敵わないと思わせる迫力があるのだ。

「俺が他の女に靡《なび》くとでも思った？」

「そ、そういうわけじゃないですけど……」

落ち着きなく目をそらすと、後ろからむにゅっと（ない）胸を揉まれた。条件反射でぺしっと手を払う。

「宴会でハメを外しすぎたセクハラ上司みたいな触り方しないでください！」

蒼佑さんの瞳が少し曇る。

「その言われ方は心外だ。そもそも、こんなセクハラされたことあるのかよ」

「一切ないですけど」

「じゃあ、彼氏として触ってやる。セックスするぞ」

「え、また？」

元気だなぁと思っているうちに簡単に組み敷かれて、シーツの上でまな板の鯉《こい》……いや、マグロになる。

いつも蒼佑さんがしてくれるから、されるがまま。

後ろから蒼佑さんが入ってきて、すぐにひとつになる。蒼佑さんのくぐもった声が襟足をくすぐる。

「……なあ、結衣。結婚しよう」

「あぁ……こんなことしてる時に言わないで……」

「こんな時じゃなくて、いつ言うんだよ。もういいかげん観念しろ。俺がお前を逃すと思ってるのか。嫌がっても無駄だ」

かぷりと耳を食《は》まれ、私の体が、中にいる蒼佑さんを締めあげてしまう。

「んーっ……もう、もうだめ……」

「返事は？」

「……あ、あとでっ……ちゃんと、したいんです……っ」

喜びも感動も、好きな気持ちも混ざってわけがわからなくて、戸惑いすら覚える。

蒼佑さんは後ろから抱き抱えるようにして、好きなように私の体に触れた。胸に触れたり、下腹部に手を伸ばしたり。私の声が漏れると、特にそこをじっくりと触る。

さざ波のように優しい律動と愛撫に、枕に顔を押しつけてただ悶《もだ》える。

「きれいな背中だな」

蒼佑さんは、抽送を続けながら背中に丁寧にキスを落とした。キスをする時は蒼佑さんが深くまで来て、不本意な声が漏れてしまう。

恋焦がれて、ヤキモチやいて、繋がって安心して。

恋愛は忙しい。

二人で果てたあとはまた、気だるくも幸せな時間を迎える。

「うまい鮪《まぐろ》食いてえな。今度寿司食いに行くか」

「……はい」

鮪《まぐろ》……マグロ……

いつもマグロでごめんなさい……

そんなことを考えながら、いつの間にか蒼佑さんの腕の中で眠っていた。

翌朝。

蒼佑さんより早く起きて、出社の支度を済ませた。蒼佑さんが起きてきたところで、コーヒーを淹《い》れて、カップを二つテーブルに置く。

「じゃあ私、先に出ますから」

「もう一緒に行ったらいいんじゃないのか。小細工しなくても」

「一応けじめです」

蒼佑さんはコーヒーを飲み、テーブルにカップを置いた。

「けじめな。……で、結婚の返事、ちゃんと聞いてねえけど、どうなんだ」

あ、あれ。返事してなかったっけ。

漆黒の瞳にまっすぐに見つめられて、赤面してしまう。

返事も何も、断る理由が見つからない。

「……………よ、よろしくお願いします……」

ちゃんと返事したいなどと引っ張りながら、なんの変哲もない返事をしてしまう。が、蒼佑さんは、ふっと笑った。

「そうか。よろしく」

初めて見るくらい、嬉しそうな優しい笑顔で。

鬼上司と部下の後日談

第一章

三谷結衣、二十六歳。白鳳情報システム株式会社にて営業アシスタント業務をしている。

上司の湊マネージャーと想いが通じて早数か月。ちょっと前になるがプロポーズも受けた。……しかしその後、怒涛《どとう》の繁忙期に突入した。

「来週からまた忙しくなりそうだね。望月の新しい会員制ホテルの件も受注したって。どうしたらあんなに業績を上げられるんだろう……」

二年先輩の今澤さんが、嬉しさと複雑さが入り混じった様子で話す。

会員制リゾートホテルを経営している望月ホールディングスは、我が社にとって大きな取引先だ。うちは、主にホテルシステムの構築などを請け負っており、新築案件の場合は、仕入課が担当する機器納入及びＬＡＮ設置と、情報システム部や開発部が担当するホテル管理システムの納品などをおこなう。ホテル管理システムとは、簡単に言えば、フロント業務や清掃業務、予約に売上管理に至る幅広い業務の一元化を実現するソフトフェアだ。

今回また新しい発注をくれた望月ホールディングスに大変に気に入られているのが蒼佑さんで、望月ホールディングスの案件はほぼ百発百中で勝ち取ってきている。

「またしばらくバタバタしそうですね……」

今澤さんにそう返事をしながら、見積りの決裁書を作成する。これを受注すれば半年後には着工するだろう。こうして蒼佑さんの近くで働いていると、改めて彼のすごさを感じるというか……

「さすが湊さんとしか言いようがないよ。下で働けるうちに、いろいろ学ばせてもらわなきゃね」

「そうですねぇ」

相槌を打ち、エンターキーを軽く叩く。

私の好きな人を褒めてもらって、嬉しい気持ちに嘘はない。私も、蒼佑さんの仕事ぶりには憧れているし、頼りになるところは本当に素敵だ。

「三谷さん！　この前頼んだ決裁、上げてくれた？」

営業一課の古株である吉川《よしかわ》さんがデスクまでやってきた。

「あっ……すみません！　上げたはずなんですけど……すぐ確認します」

わたわたとマウスを動かす私に吉川さんは肩を竦《すく》めた。

「あのねえ、『やったはず』じゃあダメだよ。まあ、湊君のアシスタントで忙しいのはわかるけどさぁ、俺らの依頼もサボんないでよ？」

吉川さんは皮肉めいた口調でそう言うと、自席へ戻った。

たぶん処理したはずだけど、はっきりとした記憶はなく即答できない。慌てて決裁書の進捗《しんちょく》一覧をチェックする。今澤さんが不服そうに眉をひそめ、腕を組みながら、じっとディスプレイを覗き込んでくる。

「あ……処理してました。本部長のチェック待ちで止まっているみたいです……」

するとと今澤さんが少しばかり憤慨し始める。

「こんなの、誰でも確認できることなのに。いちいち三谷さんの手を止めさせて確認させてさ……。自分で確認してから言ってきてほしいよな」

「いや……聞かれた時に、私が即答できればよかったと思うので……。覚えてなかった私が悪いです……ちょっと、吉川さんに進捗《しんちょく》伝えてきます」

そう言って席を立つと、今澤さんは肩を竦《すく》めて苦笑いした。

……テキパキと仕事を捌《さば》けるようになりたいのに、いつまでも余裕がない。蒼佑さんは、こんな私の何がいいんだろう。いつか呆れて、離れていってしまうんじゃないかというのが最近のもっぱらの悩み……

SIDE　湊蒼佑

湊蒼佑。最近疲れが残りがちな三十三歳。

疲れの大きな理由は、先日望月ホールディングス関連の大型案件を受注したからだ。今回新規オープンするホテルは、大きなレジャー施設も併設されていて、宿泊棟も多い。そのため来年度まで続く大規模なプロジェクトになる。

しかしまあ、いい。

公私ともども順調なおかげで、気分はすこぶるいい。最愛の彼女である結衣には、かなり前にプロポーズをしたものの、こうして業務が立て込み、結婚は実現できないでいるが。

まあしかし、何も即結婚するという約束を交わしたわけではない。結衣もそれはわかっているはずだ。

仕事で行き詰まっている時、ひと踏ん張りしないといけない時——結衣の存在にはいつも助けられ、救われている。


「湊さん、提案書を見ていただいてありがとうございました。すぐに修正します」

帰り際に今澤に呼び止められ、今まで提案書の内容確認をしていたのだ。

タイトなスケジュールで作らないといけない状況は痛いほど理解できる。だからこそ今日中に片付けてやろうとあれやこれや細かく修正案を出したのだが——

疲れた……。さすがに俺も今日は帰りたい。

「今澤。帰ろうか」

「あ、そうですね。遅くまですみませんでした」

「いや。片付きそうでよかったな」

帰り支度をしてエレベーターに乗る。

雑務をこなしてくれる人員がもう一人いれば、俺も今澤ももう少し手が空くだろうに。今は、個人の努力のみで乗り切っているに過ぎない。

誰かが急に休みを取ったとしても、業務が円滑に回るようにしておかないと。

いろいろ考えながらエントランスまで出ると、小南部長と西野《にしの》営業本部長がちょうど会社を出るところに遭遇した。

「お疲れさまです！」

挨拶をしに行くと、二人が振り向く。

西野営業本部長——西野さんは、俺が新入社員の頃お世話になった人だ。当時は、今の俺と同じマネージャー職だった。

営業部長を経て、本部長に昇進してからは直接顔を合わせる機会は激減したが、お見かけすると今でも嬉しい。

西野さんがにかっと笑った。

「湊か！　久しぶりだな。遅くまで働くなよ、帰ってしっかり休め」

「西野さんこそ遅すぎますよ。早く帰ってくださらないと、私たちも帰れません」

西野さんが「そうだな。手本を見せないとな」と笑う。この雰囲気、昔から変わらない。豪快で、決断力があって、茶目っ気もあって。俺の憧れの上司だ。

「息子さん……玲《れい》君、大きくなったでしょうね。今年小学生になったんでしたっけ」

「そうだよ。最近はやっと俺ともちょっとだけ遊んでくれるようになったよ」

「西野さんが遊んでもらってるんですか！」

全員噴き出すが、西野さんはニコニコしているものの真面目な様子だ。

「出張から帰ってきたら忘れられてることもあったぐらいだから……その頃から比べたらいい状況だよ」

家庭を持つ小南部長には思い当たることがあるらしく、深く頷いていた。

駅に向かう三人と交差点で別れ、自宅へと急ぐ。久しぶりに会った西野さんは昔より人間の深みが増していた。

俺も早くその位置まで上りたい。仕事に追われすぎて、我が子に存在を忘れられるのは避けたいが……


翌朝、出勤して早々、人事部長が小さく手招きをしてきた。

「湊君、ちょっといいか」

「はい」

人事部長に呼ばれる時は、いつもあまりいい話ではない。

「営業部、人員不足じゃないか？」

そんな話か。確かに現状、人手が足りているとは言い難いが。

「困ってないと言えば嘘かもしれませんが……どうなさいましたか」

「ちょっとね。営業部に行きたいって切望している社員がいてね。その下調べだよ」

「人事部のメンバーがですか？」

「まあね。営業の本部長に打診してみるかな」

人事部長はきれいに整えられているひげを触りながら考え込んでいる。だとすると、結構そいつも本気なのだろう。

「熱意のある人間なら私は大歓迎ですよ」

「熱意はあるある！　うちの人事部でも、よくできるいい子だよ。だからこそ、可能性を伸ばしてあげたい気がしてね。本当はどこにもやりたくないのだけど、うちの部に縛り付けても本人のためにならないのかなってね……」

そんなに有能な人間なら欲しいものだが。一瞬、人事部と聞いて知った顔が浮かぶが、あいつは――秋本は、営業に行きたがるようには見えないしな。今澤とも縁が切れたようだし。最近は結衣とも話している様子がない。

人事部長は、しばらくして一人納得したようにうんと頷く。

「話を聞かせてくれてありがとう！　彼女に異動希望書を書かせるよ。だめで元々でもね。チャレンジしたいことがあるのは、とてもいいことだから」

「そうですね。叶うよう願っています。このことは口外しませんので」

「君がそんな口の軽い男じゃないことは知っているよ」

人事部長は満足げに微笑むと、ゆったりとした足取りで戻っていった。

入れ替わりのようにコーヒーを持った結衣がオフィスに入ってくる。結衣はドアを開け、笑顔で部長に挨拶をしたあと何やら話している。

大規模案件が始まると、結構な時間拘束もありえるだろう。今はそれほど逼迫《ひっぱく》していなくとも、人員が足りなくなるのは目に見えている。だからこそ早く今澤にも育ってもらいたい。

「湊さーん！　外線入ってます！　望月ホールディングスの桐野様です」

営業部メンバーに呼ばれ、受話器に手をかける。

「ああ。こっち回して」

桐野さんと渡り合えるやつを育てなければ。俺がずっと望月ホールディングスに付きっきりになっているわけにもいかない。本来なら結衣を育てて外に出してもいいのかもしれないが、個人的な思いが邪魔をして、彼女の成長を阻みそうになる。

仕事でもずっと、結衣を俺だけのものにしておきたいという、自己中心的な感情がつきまとっていたが——人事部長と話してみて、改めねばならないと強く感じた。

＊＊＊

私、三谷結衣がコーヒーを淹《い》れてオフィスに戻ると、ドアのところで草刈人事部長に遭遇した。ドアを押さえて通りやすくしておくと、にこっと微笑まれた。

人事部長はいつも、私のような下々の者にも気さくに声をかけてくれる。

「ドア、ありがとう。……三谷さんは……秋本さんと同期だったっけな？」

「はい、同期です」

沙梨の上司だから、そういうことを知っていても不思議はないけれど。

予想していなかった話題に、少し緊張してしまう。

「そうかそうか。じゃあ、お仕事頑張ってね」

「はい、ありがとうございます」

紳士的でにこやかな部長につられて、私も笑顔になる。後ろ姿を見送り、デスクに戻った。

私と沙梨の関係は微妙なままだ。今澤さんと別れたとは言っていたけれど、それ以上は知らない。

沙梨と顔を合わせれば会釈《えしゃく》はするが、話し込んだり個人的に連絡を取ったりすることはなくなった。

それでも、何か謝らないといけない気もしたり……放置のほうがいい気もしたり、心は揺れる。

しかし、とりあえずは望月ホールディングスの大規模案件に着手だ。これが動き出すと私や蒼佑さんだけじゃなく、営業部みんながますます忙しくなる。

兎にも角にも今は仕事を頑張らないと。

それにしても——オフィスでの蒼佑さんを見ていると、片思いしているみたいにドキドキするな……

そんな邪《よこしま》な気持ちに気づかれたのか、蒼佑さんが振り向き、ミーティングスペースに私を呼んだ。

「三谷。ちょっと話がある」

「は、はい……」

ドキッとした私とは裏腹に、蒼佑さんの表情は少し硬い。一体なんだろう……。向かいに座り、話が切り出されるのを待っていると、蒼佑さんは神妙な面持ちで話し始めた。

「お前ならもうわかってると思うけど、望月ホールディングスのプロジェクトが始まれば、確実に他の顧客案件が手薄になる。だから、今のうちに白鳳の子会社及び関連企業の担当を移していきたいんだ」

「はい……えっと、私に、ですか？」

「そうだ。今は、それがベターかなと思う。新しく人を育てるのも時間がかかるし、中途採用も今は期待できない。そうだな……もしかしたら今度他部署から人がもらえるかもしれないけど、入ったとしても即戦力にはならねえだろうし」

「はい……」

突然の話に驚いたが、ついに私も外勤を任されるということだ。不安と期待が入り混じって、さっきまでとは違った意味でドキドキしてくる。

「……頑張ります」

「ああ。どんなことでも、慣れりゃ大したことはねえから。大変なのは慣れるまでだ。みんなで頑張ろう」

蒼佑さんが笑った。その笑顔を見られるなら頑張れそう、などと不謹慎にも思う。

「それで、だ。……楢崎《ならざき》さん、少しいいですか」

蒼佑さんの二期先輩にあたる、白鳳関連企業担当の楢崎さんを呼んだ。三十五歳、小学生のママさんでもある。

楢崎さんは気忙しそうに立ち上がり、こちらへやってくる。

「湊マネージャー、なんですか？」

「お忙しいところすみません。急なんですが、今週から、三谷を関連会社すべてに同行させてほしいんです」

「え！」

楢崎さんはひどく驚いていた。当の私も驚いているので、無理はない。

「いいですけど……」

いつも、昼休みを削ってでも仕事を早く終わらせて帰る楢崎さん。もしかしたらお荷物が増えると思ったのかもしれない。複雑そうな表情を浮かべている。

そして、そんな楢崎さんを見て、蒼佑さんは頭を下げた。

「話が唐突すぎましたね。すみません」

蒼佑さんがざっと説明を始めた。

要は――楢崎さんの手を空けられるように、私と楢崎さんの二人体制を作りたいらしい。私が入って楢崎さんの手が空いた分は、楢崎さんに蒼佑さんの担当顧客を任せる。もしお子さん関連で急用がある時は、私が楢崎さんの分をカバーする、という形に。

「……定時に帰れるならいいですが、これで余計な時間がかかるようならちょっと……」

楢崎さんはまだ不安げにしている。

「大丈夫ですよ。三谷はこう見えてちゃんとしてますから」

こう見えて……って蒼佑さんの微妙なフォロー。

楢崎さんの不安そうな表情はちっとも和《やわ》らがない。

「三谷さんだから不服というわけではないんですが……上からの指示なら仕方ないですね。よろしくお願いします」

「あ、あの、楢崎さんの足手纏《あしでまと》いにはならないように精一杯気をつけますので、こちらこそよろしくお願いします！」

それでも、楢崎さんから笑顔が出ることはなかった。


その日から、蒼佑さんとすれ違いの日々が始まった。忙しすぎて家と会社の往復で精一杯だから蒼佑さんの家に寄ることもない。蒼佑さんだけじゃなく今澤さんの姿もあまり見かけないし、見かけた日はいつもよりも大仰に再会を喜ぶ状態。

望月ホールディングス関連の発注、社内調整に決裁書作成と目が回る。その上、楢崎さんと関連会社の訪問。

見積り書を作成して、決裁を上げて、楢崎さんの邪魔はしないように、ご機嫌も損ねないように、間違えないようにと必死だった。

楢崎さんに溜息を吐かれるのは、蒼佑さんに怒鳴られるよりもこたえる。幸い、まだそんな事態には発展していないが、この目まぐるしさだといつ失敗するかわかったものじゃない。

「おい。三谷。これやり直し」

デスクでパソコンにしがみ付いていたら、蒼佑さんにぱさっと資料を放られて少々フリーズする。

確か私たち、結婚の約束しましたよね……。でも、こういうところが蒼佑さんなのだから、ちゃんとしないと。幻滅はされたくない。

「……はい、帰社したらやります」

「これから関連会社同行？」

蒼佑さんがデスクに手をついて、私のパソコンのディスプレイに映っている作りかけの見積り書を見ている。

はあ。久しぶりのいい匂い……

「金融システム保守継続の話を伺いに行きます」

「そう。楢崎さんの足、引っ張るなよ」

「は、はい」

恐ろしい忠告だ。本当に楢崎さんの足を引っ張りそうで怖いのを、蒼佑さんは見抜いているのかな。

斜め向かいに座っている楢崎さんがこちらを見ている。目が合ったが、そらされてしまった。元々気さくに話す仲でもなかったが、関連会社の引継ぎが始まってからずっとこの調子だ。

しばらくすると、楢崎さんが立ち上がり、声をかけてきた。

「あの、三谷さん、もう出発します。忙しいところ悪いけど、一緒に来るなら早く用意してください」

「あっ、はい！　すみません！」

蒼佑さんに放り投げられた資料を引き出しにしまい、バッグを抱えて楢崎さんを追いかける。

楢崎さんは軽く振り返り、溜息をついたように見えた。

電車で十分、駅から歩いて十分の場所に白鳳情報システム系列の金融会社がある。移動中、沈黙もいけないかなと思って質問をするものの、生返事のようなものしか返ってこない。

やっぱり嫌われているかもしれない……そう思った時、「三谷さん、大変ね」と楢崎さんが言った。驚いて顔を上げる。

「え……そ、そうでしょうか」

「湊君の思いつきに振り回されて、いつも押しつけられて。三谷さんを見ているとかわいそうになるの」

思いもよらない言葉に、何も答えられなかった。

私、その人と結婚するかもしれないんですけど……そんなこと、絶対に言えない雰囲気。

「私が……勝手にそう思っているだけなんだけどね。三谷さんももう少し、できないことはできないって言わないと。なんでも引き受けていたら潰されちゃうわよ。湊君も、業績は上げているし、顔はいいかもしれないけど、ちょっと人の気持ちを考えられないところがありそうで私は苦手なの。気を悪くしたらごめんなさい」

「いいえ、全然……嬉しいです、楢崎さんが私のことを気にかけてくださっていたなんて」

嬉しいのも本当だが、やはり複雑だ。

蒼佑さんは……人の気持ちを考えられないとは思わないけど、楢崎さんのように彼の仕事ぶりに冷たさを感じる人もいるのだろう。

実際、私も付き合うまではそう思っていた部分が少しはあったかもしれない。


関連会社との打ち合わせが終わり、帰社してデスクにつく。

コンビニで買ってきたホットのミルクティーを置き、ふーっと息を吐いた。そして伸びをし、蒼佑さんからダメ出しされた資料を作り直す。何がダメだったのかは、却下されたあと、メールで指摘があった。

蒼佑さんの言動は冷たいかもしれないけれど、放ったらかしにはしないし、考えようによってはフォローまであって過保護だなあと思う時もある。

その過保護さは私にだけではなく、今澤さんに対しても同様だ。

だから、付き合う前から蒼佑さんは面倒見がいい人なのだと思っていた。口は悪すぎるけど。

却下分を早く片付けて、他の依頼を受けられるようにしないと、蒼佑さんが抱えている業務の手伝いができない。それに、楢崎さんのお仕事ももらわなくては。

新幹線に乗車中であろう蒼佑さんにメールで再提出をして、楢崎さんの席まで行った。

「楢崎さん、今日の打ち合わせで出ていた保守の件ですが、管理会社から見積り取りましょうか？」

「…………それはいいわ。私がやるから」

楢崎さんはちらと私を一瞥《いちべつ》すると、首を振って俯《うつむ》いてしまった。

あれ……余計なことを申し出たかな。

「じゃあ、あの……何か、お仕事ありますでしょうか」

「……じゃあ、さっきの金融システム保守の見積りの送り先を三谷さん宛てにしておくわ。返信が来たら見積り書を作ってください。作り方は前に手順書を渡したわよね。今ちょっと時間が足らないから、話しかけないでくれるかな」

ああ、そうか。定時までもうすぐだもんね。話している時間が惜しいよね。

「わかりました。お忙しいところすみませんでした……」

とぼとぼと席に戻り、残っていた仕事に取りかかる。

誰かの役に立ちたいと思って働いてきたけれど——それで、感謝されることはあれど、邪魔に思われてしまったのは初めてだ。

蒼佑さんと話したいな。

なんでもいいから、何か。

でも、会えるのは今週末。それも無理ならもっと先になる。

仕事を引き受けてばかりの私がかわいそうだから、楢崎さんはきっと、気遣ってくれているのだろうけれど。

蒼佑さんだけじゃなくて、楢崎さんの役にも立ちたいって思うのに、うまくいかないなぁ……

そう思っていると、蒼佑さんから依頼メールが飛んできた。望月ホールディングスの新築ホテル案件の先行ネットワークインフラ作業分を受注したから至急決裁を上げておいて、とのこと。

我が社は、受注決裁が下りた段階で各部署の発注作業などが始まり、案件スタートとなる。ここが漏れると外部監査などからコンプライアンス違反と見なされたりもするので、受注後、最も急ぐ作業になる。

蒼佑さんの依頼を進めていると、吉川さんからも依頼が来た。どれも取りこぼさないように気をつけなきゃ。気ばかり焦ってしまう。

定時を迎え、楢崎さんがバタバタと帰っていき、入れ替わるようにして今澤さんが戻ってきた。

「あ、三谷さん。元気?」

「い、今澤さんー!」

朗《ほが》らかな今澤さんにうっかり泣きつきたくなるが、誤解が生まれそうなので踏みとどまる。

「あはは。外で擦り切れて帰ってくるから、社内は癒《いや》される」

「そうですか、よかったです……私も癒《いや》されます」

「三谷さんも大変なの?」

今澤さんは蒼佑さんや望月ホールディングス関係に擦り減らされているのだろう。それを思えば、私の業務なんて大変なことないんだけど……

「大変というか……ちょっと、まあ、大変かもしれないです」

「まあ……『彼』、最近はめったにいないもんね。社内に」

飲んでいたミルクティーを噴きそうになった。

『彼』って！

今澤さんは少し意地悪そうに笑っている。蒼佑さんネタで冷やかしてくるなんて、今までは考えられなかったことだけれど……

ここ最近、異例の忙しさもあって、今澤さんとの同僚としての絆《きずな》も少し深まっているような気がする。

「三谷さんが『彼』と会えない分、俺が『彼』とずっと一緒にいるけどね。今日はけっこう遅い時間に帰ってくるそうだよ」

「そうなんですか？」

「うん。今日は直帰だろうね。会社に寄る時間なんてないだろうし」

「……そうですか……」

「三谷さんは？　残業？」

「そうですね、少しやってから帰ります……。最近、時間が足りなくて……」

「それは前からでしょ？」

そうでしたね……と苦笑して、お互い仕事に取りかかる。

なんてことのない雑談にも飢えていたのか、今澤さんと少し話しただけで、心に溜まっていたものが溶けて流れた。

楢崎さんの言葉は、心に重く引っかかっている。同性の先輩だからかもしれないが、どうしても悪く思われたくないと思ってしまうのだ。できれば、蒼佑さんのことだって、悪く思われたくない。

私の、こういうところが偽善者なのかな……。沙梨の言葉が心に暗い影を落とした。

二十一時。そろそろ帰らないとまずい時間だ。今澤さんも上がるつもりのようで、声をかけてきた。

「三谷さん、帰れるの？」

「もう、タイムリミットですね。残りは明日早く来てやります……」

「俺も帰る。三谷さんも帰れる時は帰んなきゃ、仕事に潰されちゃうよ」

楢崎さんも、同じようなことを言っていた気が……

今澤さんはそのままオフィスを出ていった。

私も会社を出て、駅に向かう。途中、横断歩道を渡る前にふと、立ち止まる。

そういえば、この近くにカジュアルな飲み屋さんがあるんだっけ。一人でも飲めそうな、気軽でちょっとこじゃれたお店が。

最近鬱々《うつうつ》としていたし、行ってみようかな……

万が一、蒼佑さんが会社に寄ったら少しくらい会えるかもしれないし。

「いらっしゃいませー。お一人さまですか？」

お店の方に、はい、と頷く。カウンター席に案内されて、とりあえずビールとちょっとしたチーズのおつまみを頼んだ。あと、小さいサイズのピザも追加して……チーズだらけ。

ほどなくして、おいしそうなグラスビールがやってくる。空腹で飲むと酔っちゃうから、ピザを待ってから飲もう……なんて考えも吹き飛ぶほどビールがおいしそうで。

いいや、もう、飲んじゃおう。

ごくごくと喉を鳴らして、グラスをカウンターに置く。

「ぷはぁー……」

美味しすぎてつい、至福の声が漏れてしまった。すると、後ろから誰かに肩を叩かれる。

「三谷さん？　待ち合わせ？」

「い、今澤さん！　何してるんですか？」

「何って、三谷さんこそ」

先に帰ったとばかり思っていたのに、まさか遭遇するなんてと、あたふたした。

「一人なら少しお伴するよ。また、『彼』に怒られるのは勘弁だけど」

「すみません……すぐカッと来ちゃう人で」

「知ってる」

今澤さんがくすっと笑いながら、ベンチチェアに座った。

そうだよね。知ってるよね……私よりも。

同席することになったので、追加で食事を頼んだ。ここはカプレーゼが絶品らしい。二人だと取り分けられてありがたい。

あんな気まずいことがあったのに、普通に接してくれて、本当にいい先輩だ。

「あの……今澤さんは、沙梨と連絡取ってるんですか？」

ついつい気になり、尋ねてしまう。今澤さんは普通に答えてくれた。

「まったく取ってないよ。別れたんだもん。社内で会ったら話す時もあるけどね。付き合ったって言えるほどの付き合いでもなかったけど……仕事でも関わりはなかったしね」

「そうですか……」

そんなものなのか……と思いながら、ビールをお代わり。今澤さんは触っていたスマホをコトリとカウンターに置いた。

「俺からも、彼に連絡しといたよ」

「えっ」

「こういうことは隠さないほうがいいでしょ？　また誤解されて叱られちゃうよ。叱られるのは仕事だけでいいでしょ？」

「そうですね……」

今澤さん、少し変わったな。

堂々としているというか、今まではソフトなイメージだったけど、しっかりした感じになった。大きな案件に揉まれて擦り切れると、営業さんは逞《たくま》しくなるのかも。

すると、今澤さんのスマホがすぐに震えた。

『一緒に飲んでるのはわかったけど、手ー出すなよ』

蒼佑さんからのそんな返事に、今澤さんと顔を見合わせて笑った。

「あはは。あの人、こっちが恥ずかしくなるぐらい、三谷さんのこと好きだよね」

「いや……あの、すみません……」

「ううん。羨《うらや》ましいよ」

今澤さんはにこりと笑い、ジョッキを呷《あお》る。

その笑顔が優しくて。目を合わせていられなくなって、少し目線を落とした。もう今澤さんに恋愛感情は残ってはいないが、ちょっと心が疼《うず》く時はある。

「あ、そうだ。来月から人員が増えるそうだよ」

「中途採用ですか？」

「ううん。社内から回してくれるらしいんだ。部長から聞いたんだけど。湊さんの専属アシスタントになるんじゃないかなぁ」

「え……」

「三谷さんは、いずれ楢崎さんのポジションになるでしょ。お偉いさんたちは楢崎さんを別案件の担当にしたいみたいだし」

私が白鳳の関連会社担当になるのはわかっていたけれど、蒼佑さんの専属から外れるとは思っていなかった。

今澤さんは、冷めたピザを一口かじる。

「実はね。楢崎さんも、部長に言ってくれてるみたい。『三谷さんの負担を減らしてあげてください』って」

「ええ……！」

そ、そんな、勝手に……

でも、そこまで思ってくれていることに感謝するべき？

「負担って……大丈夫なのにな……」

「周りから見てると、大変そうだからね。楢崎さんは結構厳しい人だけど、三谷さんのことは嫌いじゃないみたいだし、よかったね？」

楢崎さんから好かれている実感はまったくないのだけど……。今澤さんの発言はいつも、誰も傷つけないなぁと、こんな時に感心してしまう。

でも。

新しい人が……私じゃない誰かが、これから蒼佑さんのサポートをするんだ。ヤキモチなんて……やいちゃいけないんだろうけれど……

グラスのビールを飲み干した時、お店のドアが開いた。

「あ、彼、来たよ」

今澤さんに教えられて振り向いたら、いかにも不機嫌そうな蒼佑さんがいた。濃いグレーのスーツを着て、ネクタイを少し緩めながら、私と今澤さんの間にドカッと鞄を置き、グイグイと割り込むようにしてベンチチェアに座る。

「湊さん、お疲れさまです」

「僕、狭いんですけど」

私と今澤さんが口々に言うと、蒼佑さんは不機嫌そうに交互に睨みながら言う。

「お前ら、飲んでるヒマあったら働けよ」

するとと今澤さんが間髪《かんはつ》を容《い》れずに突っ込んだ。

「僕も三谷さんも十分働いたあとですよ。湊さんだってそうでしょう？　ここビールがおいしいですよ。飲みましょう」

お疲れの蒼佑さんに、今澤さんは笑顔で生ビールを頼む。蒼佑さんの好きな銘柄だ。

「この店、二十三時までは開いてます。あと一時間ですけど。僕はこれ飲んだら帰りますから」

「……ああ。ゆっくり休め」

結局、今澤さんのことも気遣っている蒼佑さん。全然冷たくなんてないと思うんだけど……

軽く仕事の話をしたあと、今澤さんは帰っていった。

二人になった瞬間、蒼佑さんが「なんで飲んでるんだよ」と言った。

「ちょっと、すっきりしたかったんです」

「何か悩んでるのか」

蒼佑さんの、きれいな耳と顎《あご》のラインを見つめながら、首を横に振った。私なんかより忙しい蒼佑さんに、弱音を吐く気にはなれない。

「お前は……今澤になら愚痴だって弱音だって言えるのに、俺には何も言わないんだな」

「ち、違いますよ」

「違わないだろう。俺もこれ飲んだら帰るから。ちょっと体調もヤバいし……」

えっ、待って。違わないなんて、そんなの決めつけないで！

「違います！　今日は私が湊さんに会いたくて待ってたんです。たまたま、ここで今澤さんに会っただけで……別に、湊さんに言えないことなんてないし……」

蒼佑さんは、ネクタイをしゅるりと外しながら私を見ていた。具合が良くないせいなのか、いつもより気だるげな眼差しは色香を増している。

「……そうか。ごめんな、余裕なくて」

温かい手のひらがぽんと頭にのった。

「いえ、いいんです……。すみません。こうして会えたので、待っててよかったです……」

その手のひらを取り、頬にすりすりと擦り付ける。この手が恋しくて待っていたのだ——が。

「湊さん、なんか熱くないですか……？」

「……さっきから、寒気がするかな。ビール飲んだからかと思ってたんだけど……キンキンに冷えてたし……」

「目も潤んでますよ！」

なんで気づかなかったんだろう！

蒼佑さんの瞳もいつもより熱っぽい。思わず蒼佑さんの額に手を当てる。

「あっつい！」

「手、冷てえ……」

同時に逆の言葉を吐く二人。

「湊さん、おうちに帰りましょう！」

「大丈夫だよ。薬飲んだら下がるし」

そう言いながら、蒼佑さんは胸ポケットから煙草《たばこ》を取り出した。もーっ、聞きわけ悪いなぁ……！

「今日は煙草《たばこ》はダメですっ！　ちゃんと休んでください！　おうちでおかゆ作りますから、それ食べて寝てください！」

店内に響き渡るぐらいの私の声に、蒼佑さんは吸おうとしていた煙草《たばこ》をぽろりと落とした。

今日、こんな形で蒼佑さんの家に来ようとは、想定外だったなあ……

帰ってすぐに蒼佑さんの熱を測ると、三十八度だった。立派な発熱だ。ベッドに寝ている蒼佑さんの体を拭こうと、お湯を用意して寝室に入る。

「結衣が拭いてくれんの」

「そうです！　ふらふらしてるのに、お風呂なんて入れないでしょ。前のボタン外しますね」

パジャマに着替えていた蒼佑さんのボタンを外すと、引き締まった体がぱらりと見える。

「み、湊さん……中に肌着着ないんですか……」

セクシーにもほどがあります。

「パジャマも着ねえよ、普段は」

確かに普段はジャージで寝てるけれど。なんか、裸が眩しくて直視できない。

「……じれったいな。前は自分で拭くよ」

「す、すみません」

熱いお湯で絞ったタオルを渡す。蒼佑さんは長い腕や、逞《たくま》しい胸を、気持ち良さそうに拭き上げる。私はあまり見ないように背を向け、ベッドの前に跪《ひざまず》いて待っていた。

「背中は、私がします」

「……ああ。じゃあ、拭いて」

蒼佑さんはベッドの上にばさりとパジャマを落として、上半身を露《あら》わにする。またタオルをお湯で絞って背中に当てると、蒼佑さんは目を閉じた。

「熱くないですか……」

「うん。気持ちいいけど。つーか、たどたどしい手つきが気になるな」

「すみません、ヘタクソで……」

いつもの覇気がない分、セクシーさが五割増しで、ドキドキするんだもん。

「おかゆ食べられますか？　薬飲むなら何か食べたほうがいいですよね。さっきもビールしか飲んでなかったですし……」

「……ああ。おかゆって、結衣、作れるのか？」

作れるかどうかの心配をされるなんて、女子としてどうなの……

「作れますよ！　……多分」

「じゃあ、頼む」

蒼佑さんはそう言って微笑むと、いつもと違う子供のようなあどけない顔で目を閉じた。しばらくすると、すうすうと寝息が聞こえてくる。私は少しの間、険しさの取れた寝顔を見つめた。

……もっと見ていたい。でも今は、おかゆを作らなきゃ。

起きた時に食べるものがあったほうがいいだろうし。

「よーっし！」

さっそくおかゆ作りに挑戦。……と思いきや、米がない。時計を見ると二十三時を回っている。

いろいろ考えを巡らせた結果、コンビニでレトルトのおかゆを調達することにした。

なんて役立たずなんだ……

蒼佑さん、忙しくてごはんを作る余裕なんてなさそうだから、お米を買っても持て余しそうだし。

たまには家にあがってごはん作って待っていたいと思うけど、言えない。

なんとなくだけど、蒼佑さんは、そういうことをしても喜んでくれそうには思えなかった。今日の看病も嫌がられるかと思ったぐらいだし。プロポーズまで済んでいるのにおかしな話だけど、蒼佑さんと私の間には、まだ距離があるような気がするのだ。

近くのコンビニでレトルトのおかゆを買って家に戻る。テーブルライトだけが点いている寝室を覗いたら、蒼佑さんが寝苦しそうに寝返りを打っていた。

「ん……ん」

ベッドに近寄り跪《ひざまず》いて見てみると、すごく汗を掻《か》いている。熱が下がってきているのかもしれない。

濡らしたタオルで汗を拭いていると、虚《うつ》ろな瞳と目が合った。

「結衣………うつるから、帰れ」

「帰りません、心配ですから」

「……でもお前、明日も仕事だろう」

「仕事なんていいんです、今は。湊さんが心配で……」

するると、蒼佑さんは迷惑そうに眉を寄せる。

「そんなの……結衣にうつすほうが嫌なんだよ。俺のことが心配なら帰れ。仕事が進まないほうが俺は嫌だ」

仕事……そうだね。仕事も大事だと思うよ。

でも——

「湊さんが仕事を大事に思っているのはわかってます。でも、私の心配する気持ちまで迷惑がらないでください。心配させたくないなら、倒れないでください。私の前で熱を出さないでください」

「結衣……」

「そんな苦しそうにしないでください。心配ぐらいさせてください。湊さん、結婚したら、私はもっと湊さんの生活に入り込むんですよ。このぐらいで遠慮されたら、一緒には生きていけません」

蒼佑さんはもう反論せずに黙って私を見上げているのに、私のほうは止まらなくなってきた。

「湊さんが社畜なのはわかってますけど、病人なら看病ぐらいさせてください。湊さんにとって私は、見積りを作るためだけに存在してるんですか……?」

「……そんなはずないだろ。……わかったよ。うつっても知らねえ」

「わっ」

唐突に手を引っ張られて布団に顔から倒れ込む。ぷはっと顔を上げると蒼佑さんは狼のような目で微笑んだ。

「朝までつきっきりで看病してくれるんだろ？」

蒼佑さんの熱い唇が一瞬にして私の唇を奪った。

口内を蹂躙されて、もがくように蒼佑さんの肩に掴まったけど、そんなのはなんの抵抗にもならず、熱っぽい手に器用にシャツのボタンを外される。

「み、湊さん」

「今更抵抗するなよ。焚《た》きつけたのはお前だろ」

「焚《た》きつけたって……あっ」

鎖骨に熱い唇が押しつけられる。ぞわぞわと背中を何かが通り抜ける感覚がして、身を丸めた。

「なんだよ」

本当に蒼佑さんは、不敵な笑みがよく似合う。整った顔立ちについ見とれてしまうもの。

「首筋、感じたのか」

……わかってるんじゃん！

耳元でぼそりと囁《ささや》くその声も、快感の一部となって、体の奥を熱くする。

「いちいち言わないでください……」

シャツを剥《は》ぎ取られ、ブラジャーのホックに指をかけられる。いくらか熱が下がったとはいえ、蒼佑さんの肌はまだ熱くて、しっとりと汗ばんでいる。

その肌で抱きしめられると、私と蒼佑さんの境界がなくなりそうな、不思議な感覚に囚われた。

ぷつりとホックが外れ、ささやかな膨らみが露《あら》わになる。蒼佑さんは愛おしげに先端を口に含む。

唇も口内もいつもより熱くて、ぴくりと体を震わせた。

体温が高いせいか、蒼佑さんの匂いがいつもより濃厚で、その香りに蕩《とろ》けそうだった。香水と肌が馴染んだ蒼佑さんの、妖艶な香り。

「あ、あ……っ」

蒼佑さんの頭を抱きしめて、与えられる刺激に甘い声を上げる。

看病しに来たのに、私、何やってるんだろう……

「湊さん、やっぱりちゃんと寝てたほうが……」

「お前、しばらくプライベートで会わないうちに、彼氏を名字で呼ぶようになったのか」

膨らみの先端をカリッと甘噛みされ、びくんと体が跳ねる。

痛みはないが、強い刺激にもう耐えられない。

「ああ、蒼佑さん……」

淫らな顔をした私に、蒼佑さんはごくりと喉を鳴らす。まだ熱っぽさの残る瞳に私が映った。

「エロいな……」

そう言って、蒼佑さんは私のプリーツスカートを剥《は》ぎ、すぐにブルーのパンティーを引き下げた。

抵抗する前に蒼佑さんに足首を掴まれて、大きく上げられる。

「あぁっ、だめ」

そう声を上げた時には遅かった。すでに興奮を滴《したた》らせ、溢《あふ》れさせていた秘部を、蒼佑さんは指でこじ開け、ふっと笑う。

「結衣、もう挿《い》れられたいのか？」

「ちが、違います……」

「でもここは待ち切れなそうだけど」

そんなこと言わないで。

秘密を蒼佑さんに広げられ、卑猥な感想を述べられて居た堪れない。

「意地悪言わないでください……」

「悪い。じゃあ、急いで挿《い》れてやらないとな」

蒼佑さんのズボンから、もうはちきれそうなそれが飛び出す。私と同じぐらい、期待に打ち震えるそれが。

寝室には二人の淫らな熱が充満している。蒼佑さんは体を起こして硬い凶器を蜜の奥に押し込んだ。

二人でくぐもった声を上げ、固く抱き合い深いキスを交わす。逃れられないほど濃厚なキスは、私の中にいる蒼佑さんを容易《たやす》く締めあげてしまう。

「……蒼佑さんの、熱いです……」

「熱あるからな」

蒼佑さんは、私を抱きしめながら気だるそうに答えた。

それはそうなんだけど、それだけじゃない。熱くて硬いそれは、動くたび私の中で存在感を増していく。蒼佑さんが少し体勢を整えただけで、女の奥の部分を刺激された。

「……あっ」

つい漏らした嬌声に、蒼佑さんは満足そうに笑い――すぐに顔を歪《ゆが》める。

「そんなに締めんなよ……」

「だ、だって」

気持ちよくて、腰が動いてしまう。熱を帯びた肌が心地よくて、熱い吐息が混じり合ってどうにかなってしまいそうだ。

「結衣の中、気持ちいい……」

「私も……なんか、すごく感じちゃって、だめです」

「何がだめなんだ？」

蒼佑さんは私の両腕を引き、奥まで押しつけるように動く。

「――――ッ、もう、だめっ」

体がいうことを聞かない。もういっちゃう。

「あぁーっ……」

蒼佑さんを置いて一人、絶頂に放り出される。

口を緩く開けたまま、小さく息をしていると、蒼佑さんの唇で塞がれた。

いったばかりなのに、蒼佑さんのそれが、中で前後に暴れ出す。

「ひゃ、あああっ」

「悪い。もう我慢できねぇ。ちょっとだけ我慢してくれ」

激しい擦りつけに意識が吹っ飛びそうになりながら、押さえつけられ、力任せに抱かれて、蒼佑さんの顔を見上げる。

苦しく歪《ゆが》んだ顔。漆黒の瞳の色。鋭く男気溢《あふ》れる目元。

「結衣……」

切なげに私を呼ぶ声。

「いく……っ」

一瞬の間を置いて、蒼佑さんの熱い欲望が、私の鼠径部《そけいぶ》に放たれた。


「………」

「そ、蒼佑さん⁉」

蒼佑さんが、頭からベッドに倒れ込む。肩で息をしながら、ぼんやりと薄目を開けている。

「はあ……きつい。だりい……。ちょっと休む」

「だって蒼佑さん、熱あるんですもん！　こんな激しいのしちゃダメですよ！」

「無理させたの誰だよ」

そんな軽口を叩きながらも、蒼佑さんの瞳はどきりとするほど優しい。

「自分が病人だってこと忘れるほど結衣が可愛いから、ついな」

整ったアーモンドアイが柔らかく細められる。

「お上手ですね……」

素直になれずに背を向ける。ティッシュを取って後処理を始めると、そのティッシュを奪われ、手早く拭きとられた。

「シャワー浴びるか、一緒に」

「え、でも、体調大丈夫ですか？」

「少しぐらいは大丈夫だ。倒れはしねえよ。じゃあ俺、椅子に座ってるから、洗って」

「私が洗うんですか……？」

「なんだよ。嫌なのか」

蒼佑さんは怪訝そうに眉を上げる。

違う。その逆……

「しっかり洗います！　私に任せてください」

胸を張って答えると、蒼佑さんは嬉しそうに微笑んだ。

とはいえ——明るいバスルームで、向かい合うのは思いのほか照れる。

蒼佑さんは股間のみタオルがかけられている状態で椅子に座り、私はバスタオルを巻いた姿で彼の前に跪《ひざまず》いている。

厚い胸板。長い手足。機嫌の悪そうな眉間……

「……おい。照れてないで早くやってくれ。こんなところで俺が倒れたら、お前運べねえだろ」

「すすすみませんっ」

そうだよね。こんなことで遠慮してたら！

熱めのシャワーを出し、蒼佑さんの体にかけていく。水を弾く滑らかな肌を手のひらで撫でる。

「……撫で方がエロいんだよ」

「ごめんなさいっ。泡つけますね！」

シャワーヘッドをフックに引っかけて、今度は手のひらにボディソープを取り、泡立てた。

蒼佑さんは、私の手をじっと見ている。

「お前、なんでバスタオル巻いてるんだ？」

「え？　あの、一応エチケットですかね」

「なんのエチケットだよ」

「きゃ……」

胸元のタオルを握られて、一瞬で剥《は》ぎ取られた。テーブルクロス引きのように勢いよく。

「きゃあーっ、ちょっと蒼佑さん！」

「裸でいいだろ。これもいらねえよ」

蒼佑さんは、自分の股間にのっていた白いタオルも躊躇《ちゅうちょ》なく取り去った。まだ硬い芯が残っているような蒼佑さん自身が露《あら》わになる。

「ひっ……」

「今更なんなんだ、そのリアクションは。さっきベッドで散々喘いでたくせに」

「そんな言い方しないでください！　デリカシーないとモテませんよ！」

怒りながら、蒼佑さんの腕を洗っていく。すると、蒼佑さんは意地悪そうに笑った。

「はっ。別にモテなくていいけど。結衣に嫌われたくないからもう言わねぇよ」

……きゅん。

こんなあっさりキュンキュンさせられるなんて、蒼佑さんに手玉に取られてるなぁ……

「ちょっと、泡貸して。俺も洗ってやる」

「いえ、いいですよ、そんな」

「遠慮すんな」

蒼佑さんは手のひらに泡をのせ、ニヤリと笑うと、控えめに膨らむ私の両胸を包むように洗い始めた。

脇腹、背中、首へと泡で滑らかに動く蒼佑さんの手。

「あ……いやです」

「嘘つけ」

「あっ……」

撫で方がエロいのはどっちなの。

乳房の先端をつまむようにされて、小さな声を漏らすと、蒼佑さんの手は下へ滑りおりていく。

しかし、唇を噛みしめて覚悟しているのに、茂みの中には入らない。

じれったく滑る手を掴み、私は蒼佑さんに自分の体全体を押しつけ、上下にゆっくりと擦り合わせた。

「……結衣」

蒼佑さんの膝が、私の足の間を割った。熱いシャワーの飛沫で泡が肌を流れ落ちていく。冷たいタイルは温まり、バスルームが湯気で満たされた。

「ここに座ってみろ」

浴槽の縁を指差され、言われたとおりにそこへ腰を下ろした。いよいよ、骨ばった男の手が茂みの中へと進んでいく。

恥ずかしげに閉じられていた襞《ひだ》が、蒼佑さんの指で引っ張られるように左右に開かれた。剥《む》き出しになったそこを、蒼佑さんは食い入るように眺める。まだ熱が残る頬はうっすら赤く、濡れた髪は彼の艶《つや》っぽさを際立たせている。

「これは、湯じゃねえよな……」

蒼佑さんは独り言のように呟いた。さっき交わった時の証がまだ残っているようで、指先でその滴《したた》りを弄《もてあそ》ばれる。

蒼佑さんの指が動くたびに響く水音に羞恥《しゅうち》を煽られ、足を閉じそうになった。

「……蒼佑さん、倒れちゃいますよ。早く出ないと……」

「こんないやらしいもん見せられて、終われるかよ」

蒼佑さんの唇が、私の秘密へ近づく。滴《したた》りを舌ですくわれ、「あっ」と腰が引けた。

「動くな。全部舐めてやる」

がしりと太ももを掴み、蒼佑さんは貪《むさぼ》るように吸い尽くす。飢えた獣のごとく、私の奥まで舌を押し込む。その光景を見ながらただ喘ぐことしかできない。

「だめっ、もうーっ……」

蒼佑さんの髪が乱れる。激しい音を立てられて、ぎゅっと瞳を閉じて耐えようとしても、執拗な責めに淫らに声を漏らしてしまう。

私、看病しに来たはずなのに……！

「う、あっ」

止めどない愛撫に絶頂への扉が見え隠れする。蒼佑さんはすぐに気づいたようで、愛撫の対象を震える蕾に変えた。

「結衣が好きなのはここだよな。イっていいよ」

今まで、こんなに簡単にイく体ではなかったのに。蒼佑さんの手にかかると、すぐに導かれてしまう。自分が自分でなくなったようだ。

「結衣の中、ぎゅってなってる」

「言わないでいいですからっ……！」

指で中を探り、突起を舌で転がしながら、蒼佑さんが微笑む。

その微笑みを見た瞬間、ぎゅううっと中が窄《すぼ》まった。

「んーっ……！」

たまらないエクスタシーに、下腹部に力が入る。危うく縁からずり落ちそうになった私を、蒼佑さんが肩を抱いて支えてくれた。

「はあ、はあ、はあ……」

「気持ち良かったか」

「はい……」

くたりと蒼佑さんにもたれると、引きしまった腕がぎゅっと抱き寄せてくれる。朦朧《もうろう》としながら目を開けたら、休む暇もなく蒼佑さんに唇を吸われ、濃厚なキスが始まった。

「結衣を見てたら、またしたくなった」

呼吸の合間に、蒼佑さんが甘く耳元に囁《ささや》く。

それだけなのに、びりびりと下腹部に興奮が伝わっていくようだ。

壁に手をついて、お尻を見せるように立った。蒼佑さんの塊が、くちゅ、と押し当てられる。

「もっと尻を上げて」

「はい……」

押し入ってくる蒼佑さんを、動物のような格好で中まで受け入れた。

交わり尽くしてベッドに戻り、蒼佑さんの寝顔を眺めたあと時計を確かめた。深夜二時を回っている。

長い睫毛《まつげ》にそっとキスをして、もそもそと布団に入り込む。

蒼佑さんの顔色は、飲み屋さんで見た時よりもよさそうだ。何もこんな体調の日に、あんなに激しいエッチをしなくてもよかったのに、二人して何やってるんだろ……

おかゆも作れなかったし、私は一体何をしに来たんだ。

隣にいる蒼佑さんの寝息は落ち着いているようだ。ちょっと険しい眉間を指でさすったあと、目を瞑《つぶ》る。

始発で家に帰って、着替えて出社しなきゃ。蒼佑さんはゆっくり寝かせてあげて、モーニングコールをして起こしてあげようかな。

私も疲れているはずなのに、興奮しすぎたせいかなかなか眠気はやってこない。結局、明け方まで蒼佑さんの寝顔を見つめて過ごしてしまった。

「蒼佑さん。……一度帰りますね」

五時台。布団から出てシャワーを浴び、着替えを済ませた姿で、まだ眠り続ける蒼佑さんに囁《ささや》いた。ぴくりと眉が動き、鋭い瞳が眩しそうに開く。

「……帰んの」

「はい。着替え持ってないので、一度帰らないと……」

「……そのまま行けばいいんじゃねえの」

「だめですよ、お泊まり感丸出しは」

「変に真面目なやつだな……」

「真面目ですか？　蒼佑さんほどじゃないですよ」

蒼佑さんはぼーっと私を見つめ、両手を伸ばす。

……お別れのハグかな？

私は従順な犬のように、ご主人様の腕の中に近づく。――と、がっしりと寝技を決められた。実は蒼佑さんは柔道の有段者だ。

「キャー！　女子に技かけないでくださいっ！　何考えてるんですかっ」

「かけてねえよ。抱きしめただけだろ。朝から叫ぶんじゃねえよ。近所迷惑だ」

せっかくきちんと着込んだのに、蒼佑さんの腕の中でもがいて、スカートが捲《めく》れ上がる。いつしか体勢はひっくり返され、蒼佑さんの顔が上にある状態。

蒼佑さんは勝ち誇ったように微笑んだ。

「結衣の看病のおかげで元気になったよ。ありがとう」

素直なありがとうに、胸がとくりと動いた。押し倒しながら言うなんてずるい。

「元気になったならよかったです……」

ぷいと顔を背けて答えると、そっと顎《あご》を持たれて上に向けられる。間近に蒼佑さんの唇。吸い込まれそうな深い黒の双眸には、身動きができない魔法が宿っているかのよう。

「蒼佑さん……始発が出ちゃうので帰ります……」

「……あと少しだけ」

蒼佑さんの指先がシャツのボタンを外していく。言葉では抗《あらが》いながらも、抵抗はしない私。

はだけた胸もとを、蒼佑さんの唇と髪の先が滑っていく。おでこに触れると、ひんやりとしていてもう熱っぽさはまったくない。

「熱、本当に下がったんですね……」

そう呟くと、蒼佑さんはにやりと目を細めて唇を合わせてきた。頭も、口内も、じわじわと蕩《とろ》けてしまう。

するりとストッキングを脱がされ、うつぶせにされる。短く呼吸をしながら、後ろを振り向いた。

すると、蒼佑さんは私の耳元でぼそりと尋ねる。

「続きする？　しない？　結衣が決めていいよ」

わ……私が決めるの？

蒼佑さんは、にやにやしながら返事を待っている。

そんなの……

返事の代わりに飛びかかって、私は蒼佑さんを押し倒した。

朝。蒼佑さんは、体調が優れなかったことなどまったく感じさせない様子で、デスクに座っていた。

「湊さん、おはようございます」

「ああ。おはよう」

難しい顔で返事をする蒼佑さん。下世話な話だけど、朝から激しかったこともまるで感じさせない。

私はあのあと、始発こそ乗れなかったが、無事に家に帰り、お泊まり感丸出しは免れることができた。しかし、今になって眠くて眠くて、何度もあくびを噛み殺す羽目になっている。

「三谷。来い」

三回目のあくびを噛み殺したところで、蒼佑さんに呼ばれた。自販機のお誘いのようだ。

まだ人の少ない時間帯。蒼佑さんが今買った自販機の取り出し口の前にどっかりと座り、缶コーヒー二本を取り出す。

「ほら。受け取れ」

熱いコーヒーをシュッと投げられ、わたわたとお手玉をするみたいになる。

「熱っ！　危ないですよ！」

「わははっ」

わははって。なんて無邪気な……

「投げないでください。顔に当たったらどうするんですか……」

そう言い返すが、蒼佑さんのことだから、私があくびを噛み殺してることなんてお見通しだったのかな。だから、コーヒーを奢《おご》ってくれたのかも。

「顔に向かって投げるわけないだろ。早く飲め。今日も忙しいぞ。あくびなんてしてる暇ねえんだから」

……やっぱり、気づいていたんだ。胸がきゅうっとする。いただきますと言ってプルタブを開け、苦いコーヒーをゆっくりと啜《すす》った。寒くなってきたこの時期、室内は暖房が効いてはいるとはいえ、コーヒーの温かさと香りにほっとする。

「体調は戻ったんですか？」

「ああ。今日は体が軽い」

あんなにエッチばっかりして本当に全快しているから驚きだ。

「看病ありがとう。お前にうつったかな」

「私はいいですよ。湊さんが元気になってくれれば、それでいいです……」

本心から出た言葉だったのだが、蒼佑さんの瞳が少し見開かれる。そしてふっと緩んだあと、人通りのあるエレベーターホールを見遣《みや》ってからくしゃくしゃと頭を撫でてきた。

「ありがとう。結衣。今日も頑張れる」

そう言って立ち上がり、彼は飲み干した缶コーヒーをゴミ箱に捨てる。私も続いて捨てようとしたら、自販機の陰に引っぱり込まれた。耳元に蒼佑さんの唇が押し当てられる。

「ひゃっ……」

「今夜も家に来い。明日の服、ちゃんと持ってこいよ」

「……は、はい」

「帰りは遅いけど、先に待ってろ。鍵持っておけ」

蒼佑さんがポケットから鍵を出し、私の手のひらで包むように押し付けた。これは……いつもの鍵じゃない。合鍵を作ってくれたんだ。

「くれぐれも言っとくが……今澤と二人きりで飲むなよ」

「あれはただの偶然で……」

「偶然でもだ」

蒼佑さんはすぐに、何もなかったように姿勢を戻し、オフィスに向かう。私はぎゅっと手のひらの合鍵を握りしめて、蒼佑さんの後ろをついてデスクに戻った。

長い手足に、広い背中。スーツから香る、いい匂い。

この人が私の彼氏で、尊敬する上司。付き合い始めの頃よりも、恋する気持ちが募っていた。

第二章

よーし！

眠気も吹っ飛んだし、蒼佑さんとラブな時間を過ごしてパワーチャージできたかも！

元気になると、現状を冷静に考える意欲が湧いてきた。

疲弊していた気持ちも、もっと楢崎さんのお役に立たなきゃ！　と回復した。

始業時間前に雑務をできるだけ片付けて、楢崎さんのお仕事を少しでも譲り受ける。それが今日の目標。

もしかしたら煙たがられるかもしれないけど、もう少し踏み込んでいくぞー！

楢崎さんには、私は「湊さんに振り回されてるかわいそうな人」に見えているのかもしれないけれど。

私にとって、蒼佑さんは尊敬する上司であり大好きな彼氏であり、元気の源なんだから！

そうと決まればお仕事だ！　と気合いを入れてパソコンにかじり付いた。

「おはようございます」

気合いの雑務処理中、楢崎さんが静かに出社した。パソコンをつけて、手にしていたタンブラーをデスクに置いている。

いつも肩甲骨あたりまでの黒髪をひとつにまとめ、眼鏡をかけて、知的で楚々《そそ》とした印象の楢崎さん。自分に厳しく、他人には……。あれ。あんまり誰かと仲良く話しているイメージはないな。ただひたすら仕事をこなしている印象しか。

「楢崎さん！　おはようございます！」

私はいつもの一・五倍くらい大きい声で楢崎さんに挨拶をした。楢崎さんは、さすがにびっくりした様子だったが、視線を合わせて頭を少しだけ下げてくれた。

クールな楢崎さんからすれば、暑苦しいかもしれないけれど、明るい雰囲気なくして激務は乗り越えられないと思うから。

楢崎さんのことをもっと知りたい。

私なりに頑張ってみよう、と誓う朝なのだった。

「三谷。頼んでた資料できてる？」

「はい、データは送付済みです。印刷物は先方にまとめてお渡しできるようにしてます」

蒼佑さんが、客先に行く支度をしながら私の横に立つ。いつものように依頼の確認をして、客先へ持参する資料を蒼佑さんに渡した。

「助かる」

私が両手で差し出した紙袋を受け取り、蒼佑さんは少しだけ微笑む。

くうう、真正面の笑顔かっこいい……！　睫毛《まつげ》までも素敵だなんて一体どうなってるの。

カッコいいオーラに耐えながら、顔色の確認をした。体調は……大丈夫そうだな。

無理しちゃう蒼佑さんも好きだけど、倒れてほしくはない。

「湊さん……あんまり無理しすぎないでくださいね」

「しねえよ」

どこがですか！　と言いそうになるが、周りの目もあるので黙ってお見送りをする。

同行の今澤さんにも「いってらっしゃい」と挨拶して、デスクに戻ろうとした時。

ふと視線を感じて振り向いたら、楢崎さんと目が合った。その目がなんとも冷ややかに見えて足が竦《すく》む。

楢崎さんは私から視線を外し、キーボードを打ち始める。

な、なんだろう？

「……三谷さん」

「は、はい……」

「これでいいわ。保守見積り。午後からまた先方へ向かうから外出の用意をしておいて」

「は、はい！」

よかった。よかった！　初めて楢崎さんに認めてもらえた。

一人喜びを噛みしめて、午後からの準備に取り組んだ。

そうして、午後。楢崎さんと一緒に保守打ち合わせを済ませて帰社した。

「この保守プランですぐ注文いただけたわね。このあとの手配はお願いできるかな」

「はい！　やります」

楢崎さんは、心なしか微笑んでいる。それだけで胸がいっぱいで嬉しくなって、デスクまで歩いていたところ――仕入課の野畑《のばた》さんが、蒼佑さんに激しい剣幕で捲《まく》し立てているのが目に入った。

「望月ホールディングスの新築案件で……機器の発注をおこなえなくて困ってるんですけど！　午前中までに正式発注しないとシステム作業が間に合わなかったのに、受注決裁が上がってないから動けないんですよ！」

望月の受注決裁って……私の業務だ。この前蒼佑さんから依頼された分？　顔面蒼白になっていると、蒼佑さんに手招きをされた。バッグを下ろす余裕もなく慌てて駆け寄る。

「三谷。先日の受注分の決裁上げたか？」

「あ、あのっ、すみません。今確認します！」

上げたはず、だけど……。また自信が持てない。冷や汗を掻《か》きながらノートパソコンを開け、決裁書を確認すると――『作成中』で、タスクが止まっていた。要は、未処理ということだ。

「す……すみません、上げていませんでした。申し訳ありません！」

頭を下げると、野畑さんがすかさず声を上げる。

「はあー!?　開発部もスケジュールギチギチで組んでるのに、納品が一日でもずれたらどうなるかわかってるんですか？」

「本当に申し訳ありません……っ」

完全に私のミスだ。謝る以外に術《すべ》はない。誠心誠意謝ったとしても取り返すことはできない。タイトな作業スケジュールがいくつもあるのに、どこの部署もいっぱいいっぱいでやっているのに、私のせいで……

頭を下げ続けていると、蒼佑さんが立ち上がり、私の隣で野畑さんに深く頭を下げた。

「野畑さん。迷惑をかけて申し訳ない。俺の確認不足です。発注先には俺からも連絡しておきます。社内調整が済んだらまたすぐ連絡するので、少しだけ待っていてほしい。今日の定時までにはなんとかするので」

「……湊マネージャーがそうおっしゃるなら、待ちますけど……。言わせてもらいますけど、責任感ないんじゃないですか、この人」

野畑さんは厳しい面持ちで私を指差し、眉をひそめる。

「三谷には後ほどきちんと指導します」

「この人、望月ホールディングス案件がどれだけシビアにこなさなきゃいけないか、わかってないんですよ。わかってたらこんなヘマしないと思います。現場を知らないんですよ」

厳しいが、本当にそのとおりだ。ずっと蒼佑さんに付いて仕事してきて……望月案件は滞《とどこお》りなく処理しないといけないとわかっていたはずなのに……

「本当に……本当に、申し訳ありませんでした」

野畑さんはもう、私を見ることもなく、足早に仕入課へと戻っていった。

「湊さん、本当に……申し訳ありません」

「俺には謝らなくていい。それより、受注の内容は書き上げてるのか？　それならとりあえず送信完了させろ。……本部長と常務には口頭で話を通すよ。仕入課と発注先にも連絡するから。お前は今、やるべきことをこなせ。感情的になるのはあとだ。冷静にな」

「は……はい……」

今にも涙が零《こぼ》れてしまいそうなのを堪えながら席に戻ろうとすると、蒼佑さんがぽつりと言った。

「これは俺のせいだよ。俺が甘えすぎて、チェックを怠《おこた》っていたからだ」

いつもなら「何やってんだお前！」って……叱るのに。つまらないミスで蒼佑さんの手を煩《わずら》わせて、仕入課の足を引っ張って。蒼佑さんは、体調を崩したってミスなんてしないのに。私のせいで……余計な仕事を増やしてしまった。

この場から消えてしまいたいけど、そんな無責任なことはもっとできない。耐えてこなすしかない。唇を噛みしめ、キーボードを打ち始めた。

一段落ついたあと、蒼佑さんに言われて社内の主要人物に謝罪行脚《あんぎゃ》をした。蒼佑さんが同行してくれているおかげなのか、「仕方ない」「気にしないで」などと優しく言ってくれる人が多かったけれど、一層自分を責めたくなった。野畑さんは、私の存在なんてほぼ無視だったけど……。そのぐらいのほうがよかった。

デスクに戻ると定時は過ぎていて、楢崎さんはもう帰られていた。そうだ。今日の保守の手配をしなきゃ……。受注したシステム保守案件、楢崎さんが私に任せてくれたんだった。

気忙しくメールボックスを開けて、保守会社とのやりとりを探そうとすると、楢崎さんからのメールが数件入っていた。なんだか胸騒ぎがする。

「え、もしかして……」

画面をスクロールして全文を確かめる。

どうやら、楢崎さんが受注決裁から手配まですべて終わらせていたようだった。最新のメールの最後には、こう書いてあった。

『事務作業はすべてこちらでおこないましたので、三谷さんがすることは何もありません』

『あなたに仕事を任せるには時期尚早だったみたいですね』

『しばらくはこちらに来ないでいいので、ご自分の業務を遂行なさってください』

どれも、真っ当な楢崎さんのご意見。

読んでいて、自分のダメさを痛感して、涙が溢《あふ》れそうになる。

呆れられちゃった……。仕方ないよね……

ここで泣いたら、もっと情けない……

『承知しました。申し訳ございませんでした』

情けない気持ちでメールを打ち、楢崎さんに送信した。

すべてはミスをした自分の責任だ。がっかりされても仕方ない。野畑さんが怒っていることだって仕方ない。私のせいで、今も誰かが望月ホールディングス案件で困っているのかもしれない。

漏らしてはいけなかった作業なのに……詰めが甘かった自分のせいだ――

家に帰っても、頭の中の黒い靄《もや》は取れなかった。蒼佑さんから連絡はあったが、いつもどおりに話せる気がしなくて、『今日は先に寝ます』とだけ返信した。

ベッドに入っても眠れる気がしなかった。

せっかく、楢崎さんが初めて仕事を任せてくれたのにな。

罪悪感でいっぱいになり、涙が頬を伝った。

その翌朝。就業開始時間十分前。オフィスから慌ただしく出ていく蒼佑さんを見送る。

「三谷、今から外行くから。外からまた依頼かけるかも」

「承知しました！　お気をつけて」

出社してきた私とほとんど入れ違いのような感じだ。

ドアを開けようとカードキーを用意していると、喫煙ルームから笑い声が聞こえてきた。

「昨日、三谷さん大ポカしたんだってな。野畑さんがここでブチ切れてたって聞いたけど」

「そうそう。あんなデカい案件の社内処理漏らされるとみんな動けないもんな。周りもいい迷惑だろうな」

吉川さんたちが楽しげに昨日の出来事を話していた。

「湊君もアシスタントがあれじゃ頼りないだろうな」

耳を塞ぎたくなる大きな笑い声に、立っていられなくなる。オフィスフロアに入り、崩れるように席に着く。

吉川さんは歯に衣着《きぬ》せぬ言動で有名な方だから、いつもああやって誰かの噂話をしているのだが、いざ自分が言われる立場になると、どん底に突き落とされた気分になった。本当に……蒼佑さんのアシスタント失格だ。

いたたまれない気持ちでメールボックスを開くと、人事異動のメールが届いていた。

我が社の人事異動に関するお知らせは、全社員に向けてメールで一斉通知される。

こんな時期に異動通知なんて珍しいなと開封してみたら、椅子から落ちそうなほど驚いた。

――人事部　秋本沙梨　営業部へ異動を命ずる――

沙梨が……営業部にやってくる……？

「おはようございます」

そんな時、背後から楢崎さんに挨拶をされ、びくっと驚いてしまった。

「お、おはよう、ございます」

挙動不審な私に気を留めることもなく、楢崎さんは自席に着いた。

システム保守案件の手配を代わりに進めてもらったこと、謝らないといけないのに、昨日のメールを思い出して足が竦《すく》む。

私……昨日、楢崎さんに失望されたんだった。

前まで、どうやって自分に自信を持っていたのだろう。もうこちらに来るなと言われてしまっているし、話しかけに行くのが怖い……

だけど――

立ち上がり、謝罪だけはしなければと楢崎さんの席に行く。楢崎さんは特に驚いた様子もなく、視線を私に向けた。

「な、楢崎さん。昨日はすみませんでした。任せていただいたのに……結局お手数をおかけする形になってしまって……」

「いいえ。私の意見はメールで書いたとおりよ。今のあなたは自分の仕事に専念するべきだと思うの。片手間の状態じゃ任せられないわ」

「……はい。申し訳ありません……」

心が擦り切れそうだ。

沙梨が……営業部に来るのは、私が役立たずだから……なんだろうな。

みんなの足を引っ張って、失望されて、笑われて。

私が、ここにいる意味はあるのかな。


魂が抜けてしまったみたいだ。

楢崎さんとは、それから一週間以上話していない。蒼佑さんとはプライベートで会う暇もなく、出社時に顔を合わせた時だけ業務に関わる会話を交わす。

「三谷、依頼まとめて送っておいたから、至急で処理頼む」

「はい、湊さんは今日も終日外出ですか？」

「ああ。週明けまでそうなる。また外から連絡すると思う」

「わかりました、いってらっしゃいませ」

「……ああ。いってきます」

いつものように蒼佑さんの依頼事項を捌《さば》いていくが、普段より念入りに確認しながら進めている分、時間もかかるし疲労感も増してくる。そんな自分が情けなくてつらい。

こんな時……蒼佑さんに泣きつくのは違う気がして、業務以外での連絡は取っていない。今忙しいのは痛いほどわかっているし、私の失敗の尻ぬぐいもその忙しさの一因に含まれていて、とてもじゃないけど邪魔できない。

楢崎さんからの引継ぎがなくなり、蒼佑さんからの依頼に集中はできているが、沙梨が営業部に来ればまたこれも変わるのだろう。誰も私に期待なんてしていない。

飲み物を買いに行こうと自販機スペースに向かうと、給湯室から女性の話し声が聞こえてきた。

「朝の……見た？　湊マネージャーに媚《こ》びる三谷さん！」

「見た見たぁ！　甘えた声で『湊さあん、いってらっしゃいませぇ～』ってね」

「ちょ、やめて。誇張した三谷さん」

「なんか湊マネージャーに可愛がられてるからっていい気になってない？」

「三谷さんって、多少美人かもしんないけどそれだけだよね。いいなー！　仕事ミスっても守られてー。絶対湊さんの足手纏《あしでまと》いなのに」

嫌でも会話が耳に入り、じっとりと冷汗が出る。

「そういえばー、人事部からめっちゃ可愛い子来るんだね、営業部に。えーと、名前なんだっけ。

ナントカ沙梨ちゃん」

「あー！　秋本さんだっけ？　あの子の可愛さは大優勝だね。文句のつけようがない」

「仕事もできるらしいし、湊マネージャーとお似合いすぎてしんどい」

「わかるー」

急いで飲み物を買ってその場を立ち去ろうとした瞬間、話し声の主たちがぞろぞろと給湯室から出てきて、鉢合わせてしまった。同じフロアで働くマーケティング戦略部の先輩だった。

「……あ。三谷さんじゃーん！　いつからいたの～？」

「おはよー。カフェオレ買ってたの？　今日も一日頑張ろーねー」

二人はさっきまであんな話をしていたとは思えない笑顔で、手を振って去っていった。

ひどいことを言われたショックもあるが、その一方で、すとんと腑《ふ》に落ちた気がした。

そうだよね……。私なんか、蒼佑さんと釣り合っているわけがない。

最初からそう思っていたのに、何を勘違いしていたんだろう。

さっきのあの人たちの意見が普通なのだと思う。いくら蒼佑さんが鬼上司とはいえ、仕事もできて、カッコよくて、頼りになって、みんなから慕われていて……。そんな彼にふさわしい女性は他にたくさんいて……

力なくベンチに座り、カフェオレを開けた。早く自席に戻りたかったけど、涙がこぼれて止まらない。

はっきりと気づいてしまった。

私には、蒼佑さんの彼女でいる資格がない。


スマホのアラームが鳴り響く。布団からのろのろと手を伸ばし、スマホをタップして止めた。

今日も……会社だ。体が鉛のように重くて動けない。どうせ、周りからは何も期待されていない。

でも、私が会社行かないと、蒼佑さんは困るかな……

重い体に鞭を打ち、やっとの思いで支度をして家を出た。

オフィスの一階エントランスでエレベーターを待っていると、ちょうど蒼佑さんが降りてきた。

気まずい気持ちで頭を下げる。

失敗してから連日、ずっと考えていた。次に会った時は別れを告げようと。

「あ、三谷」

「……おはようございます」

「どうした？　体調悪いのか？」

蒼佑さんは心配そうに私の瞳を覗き込む。こんなに接近しているところを見られたら、何を言われるかわかったものじゃない。

「や、やめてください。近いです」

「何を今更……」

「わ、私……湊さんにふさわしい人間じゃないので……！」

「は？」

「……お気をつけていってらっしゃいませっ」

驚く蒼佑さんの隣で、私は閉まりかけたエレベーターのボタンを押し、逃げるように乗り込んだ。

「三谷！　また外から電話する！　行ってくる！」

また、そんな大きな声で。

周りの人たちもチラチラ見ていて、微笑む人もいたり驚く人もいたり。良くも悪くも、蒼佑さんはとても目立つ。

そんな彼の役に立ちたいと思っていたけれど――


一日の業務が一息ついたところで、小南部長の机の内線が鳴り出した。周りはみんな出払っているのでその電話を取る。

「はい、営業部です。小南部長は離席されています」

『……ありがとうございます。人事部秋本です。またかけますとお伝えください』

沙梨だ。久しぶりの沙梨の声にどぎまぎしながら返事をする。

「わかりました。伝えておきます」

このまま……業務的な対応だけで終わるのはダメな気がする。私は迷いに迷って話を続けた。

「沙梨だよね？　三谷です。異動通知見たよ。……来月からよろしくね」

『……ええ。よろしく』

想像どおり、甘さゼロの声で返事され、やっぱり話を続けなければよかったかなあと項垂《うなだ》れる。

どうせ、これもきれいごと好きって思われているのだろう。どうしても卑屈になってしまう……

「沙梨が来たら、営業部みんな喜ぶよ。湊さんだって、他の人たちだって、しっかりしてる沙梨のほうが安心できるだろうし……。可愛いし、頼りになるし……。私なんていないほうが、みんな……」

そこまで言うと、沙梨がすかさず答えた。

『それ本気で言ってる？』

あまりに鋭い口調で、一瞬たじろいでしまう。

「ほ、本気だよ」

『……だとしたら、周り見えてないね。独りよがりの悲劇のヒロイン？』

「ど、どういうこと？　きれいごと好きとか、悲劇のヒロインとか……なんでいつもそんな風に言われなきゃいけないの……？」

『だって、そうでしょ。自虐してなんの意味があるの？　湊マネージャーが、結衣なんていないほうがいいって言ったの？』

どんどん沙梨の語気が強まってくる。対照的に私の声は小さくなる。

「言われてない……けど……」

『じゃあ、情けない声出してないで自信持ってよね。私は、結衣みたいに働きたくて営業部に異動希望出したんだから』

「………沙梨」

『……とにかく、来月からよろしく。じゃあね』

ツーツー、と通話が切れた。私も受話器を下ろす。

独りよがりの……悲劇のヒロインか。

また、沙梨に怒られてしまったけど、不思議と嫌な気持ちにはならなかった。それどころか、くすりと笑ってしまう。

先ほどまでの陰鬱な思いが、少し楽になっている。冷水をぶっかけられて、目が覚めたような感じで……

そうだ。結局は……自分自身の問題だ。

私が蒼佑さんと釣り合わないことなんて、最初からわかっていたことだ。

誰に何を言われたって、揺らがない芯があれば、まだ頑張れるはず。立ち向かえるはず。

私が、蒼佑さんと釣り合わなくたって——それでも、彼のそばにいたい気持ちは簡単には消えない。

ダメな自分でも、自信を持って、自分に素直に生きていいんだ。

こんな私でも、蒼佑さんの支えになりたい。

楢崎さんのように、誰からも信頼される存在になりたい。

そうなるためには——目の前のことから冷静に取り組んでいかないといけない。

楢崎さんなら、蒼佑さんなら、やるべきことをこなしていくだろう。

さて続きをやるか、と腕まくりをし、作業を再開した。


二十一時前、外線が鳴った。

なんとなく蒼佑さんのような予感がして受話器を取る。

「白鳳情報システム株式会社でございます」

『あ、結衣か？　湊だけど』

堂々と下の名前で呼ぶ蒼佑さんに、思わず笑みが零《こぼ》れる。

「電話取ったのが私じゃなかったらどうするんですか。危ないなあ……」

デスクの周りには誰もいないが、念のため小声で答えると、蒼佑さんは電話の向こうで笑った。

『そうだよな。でも結衣の声を間違えることはないよ。今まで、何百回、何千回と電話してきてるんだから』

「そうですね」

『声、元気になったたな。ここ最近ずっとバタバタしてて、任せっぱなしですまなかった。決裁漏れのフォローはほとんど終わったよ』

あれだけ迷惑をかけて、さらに今朝は感じ悪く接してしまったのに、蒼佑さんは大きく包んでくれている。

「申し訳ありませんでした、本当に……ありがとうございました。どうお礼をしたらいいのか……」

『礼は……そうだな。明日は家にいられるから、会って抱きしめたいな』

「そんなの、私のご褒美になっちゃいますよ！」

そう言うと、蒼佑さんの屈託のない笑い声が聞こえてきた。

昨夜はよく眠れたせいか、今日の私は不安よりもやる気に満ち満ちている。今夜は蒼佑さんとも会えるのだ。

とりあえず、自信を持とう。

一度突き放されたくらいで縮こまることはない。役に立ちたいという思いは伝えたい！

というわけで会社に行くなり、私は楢崎さんの席まで突撃した。断られたってかまわない。どうにかして懐《ふところ》に入りたい。拒絶の向こう側を知りたい。

「楢崎さん！　今日お昼ご一緒してもいいでしょうか」

「え？　私、食堂やお店には行かないわよ」

「知ってます。なので、私もここで食べていいですか？」

「そんなの……好きにしたらいいと思うけど……」

すごい勢いで来た私に驚いたのだろうが、楢崎さんは多少戸惑いながらも承諾してくれた。

そして、いよいよお昼休憩――

私はコンビニで調達したコーヒーとミックスサンドイッチと野菜スティックを持参し、楢崎さんのデスクまで赴《おもむ》いた。

ちょっと嫌がられているかもしれないと思いながらも、もう引っ込みはつかない。

「楢崎さん、お昼食べましょう！」

無神経人間だと思われていそうなのが怖い。けど、やるしかない。

楢崎さんはそんな私を見上げ、空席になっている隣の椅子を勧めてくれた。

「……私、いつも仕事しながら食べてるから。今日もそのつもりなんだけど」

「わかりました。じゃあ、そのお仕事も見させてください。勉強します」

何を言っても無駄だと思われたのか、楢崎さんは「お好きにどうぞ……」と言いながらバッグから曲げわっぱのお弁当箱を取り出した。

「手作りなんですね」

「主婦だもの」

そんな会話をしながら、お弁当がオープンされ――一瞬にして心を奪われた。

鰤《ぶり》の照り焼きにからあげ。ネギの入った卵焼き。プチトマト、ひじき、ブロッコリーの何か、ゴマ塩のかかった白ご飯。紫蘇《しそ》のおつけもの。彩《いろど》りも最高。兎にも角にもおいしそうで、思わず歓声を上げてしまった。

「おっ……おいしそうですー！」

「大げさよ。昨日の残りものを詰めただけ。子供は給食食べてるし、夫も社食だし……」

「ご謙遜《けんそん》を！」

こんなお弁当、蒼佑さんに作ってあげられたらどれだけ素敵か。

さりげないのに栄養バランスも考えられていそうだし、何よりこんなおいしそうなおかずが作れるということに尊敬の念を抱く。

「見習いたいです……私もこんなお料理上手になりたい……」

つい本心が零《こぼ》れる。それを聞いた楢崎さんが柔らかな笑顔でくすくすと笑った。

「三谷さんは料理しないの？」

「私は、……カレーしか作れないレベルで……。全然、料理ができないので」

「カレーが作れるなら、肉じゃがもクリームシチューも作れるってことよ。煮込みものは大体できるわ」

そ、そうなの……？

楢崎さんの母性に包まれながら、ハムのサンドイッチを頬張る。

これはこれで十二分においしいのだけど、憧れるのは楢崎さんのお弁当。こういうのを作って、蒼佑さんに食べてもらいたい……

「あ。回答一件送らなきゃいけなかったんだわ。ちょっと待ってて」

「はい」

たまごのサンドイッチを食べながら、楢崎さんの業務を見る。

どうやら、先日の関連金融会社への返信をしているようだ。楢崎さんは流れるように作業をしていて、それだけで処理能力の高さが窺《うかが》える。

楢崎さんが担当している範囲は一人では多すぎるとは聞いていたが――お昼も削って個人で対応していたのだろう。本来なら一人でやるにはありえない量だ。

仕事ができて、料理上手で。

私が結婚して、ママになった時、子供を育てながらここまでできるのだろうか。

「お待たせ。終わったわ。今日は問い合わせが少なくてよかった」

「普段は問い合わせが多いですか？」

「まあ、そうね。そのあたりは関連会社ならではかな。外部のお客様より気楽な関係であることは否めないから、向こうも聞きやすいんでしょうね。できるだけ情報は揃えているつもりだけど……ご担当者がわからないことはすぐ答えてあげたいしね。それが次の売上につながるから」

そう言うと、楢崎さんはからあげをぱくりと食べる。おいしそうなきつね色だ。

「内容によっては三谷さんに振れるものもあるんだけど……ごめんね。至らなくて。私も毎日が目まぐるしくて……本当は、ちゃんと教えてあげたいのに、うまくいかなくて申し訳なくて。三谷さんも大変そうでこれ以上苦しめたくないし、二人の効率が下がったら部にとって打撃だし……どうしていいのかわからなかったの」

思わぬ楢崎さんの本音に、どぎまぎした。

「申し訳ないなんて思わないでください。思いやっていただけて、嬉しいです、すごく」

それは本当。心からの言葉。

サンドイッチを食べ終わって野菜スティックに手をつけると、すかさず楢崎さんが教えてくれた。

「お味噌とマヨネーズ、ニンニク、豆板醤《トウバンジャン》を混ぜると、家でも野菜スティックが楽しめるわよ。夫が好きなのよね。ニンニクはチューブでもいいの」

おおおおお……！

すごくおいしそうだし、簡単！

「すぐやってみます！　今夜にでも！」

「ぜひ試してみて。お酒が進むらしいから」

「ありがとうございます！」

よし。今日はキュウリと大根を買って帰ろう！

そして、野菜スティックを蒼佑さんに食べてもらうんだ。

仕事も大事だけど、料理だって上手になりたい。

楢崎さんのことを少し知ることができた気がする。勇気出してよかった。と、心から思った。の、だが——

「今夜、彼に作ってあげるの？」

お弁当を食べ終わる頃、楢崎さんが言った。

か、彼。確かに蒼佑さんは彼。改めてどきりとした。

蒼佑さんとの関係はバレてないと思うけれど——大っぴらにするのはよくないということは理解しているつもりだ。

「……あ、は、ハイ。そうかもしれません……」

「きっと喜ぶんじゃない。三谷さんに尽くしてもらうの好きだろうし」

ブラックウォッチ柄の巾着袋に曲げわっぱのお弁当箱を入れながら言う楢崎さん。

……ん？　何か引っかかる口ぶり。

心の中で首を傾げながらも、コンビニで買ったチョコパイをお裾分けした。食後のおやつだ。

「ありがとう。おいしそうね。コーヒーが欲しくなるわね」

「私、買ってきますよ」

「いいのよ、自分で行くから」

立ち上がろうとする楢崎さんを慌てて制する。

「いやいや！　そのぐらいさせてください！」

「でも……」

「少々お待ちください！」

戸惑う楢崎さんを押し切り自販機へダッシュする。

楢崎さんは常にブラック。よく飲んでるのを見かけていたから。

「お待たせしましたぁ」

温かい缶コーヒーをお渡しして、束の間のおやつタイム。

「ありがとう。私、ブラックしか飲まないの、知ってたの？」

「はい。よく飲んでいらしたので、このコーヒーがお好きなのかなとは思ってました」

「ふふ。よく見てるのね」

楢崎さんは笑顔だしチョコパイはおいしいし、いい雰囲気だ。

「会社でおやつなんて食べたの、いつぶりだろう……」

楢崎さんが呟いた。

確かに、楢崎さんがゆっくりしている印象はまったくない。

「私は……楢崎さんが無理なく働けるように、お力になりたいです……頼りないかもしれないですが……」

デスクに飾られている——桜の木の前で、黒いランドセルを背負ったお子さんの写真。笑顔全開の可愛らしい男の子だ。

楢崎さんはこの子のために……愛する旦那さんのために毎日オフィスで頑張っているのだ。

言葉が途切れた私に微笑みかける楢崎さん。普段よりもとても柔らかい表情で。

「ありがとう。三谷さんは真面目なのね。真面目すぎるとも思うけど……本当、こんな真面目な子に手を出して……あいつは……」

…………ん？

大きなはてなマークが頭に浮かぶ。

「せめてあの高圧的な態度、なんとかならないのかしらね。昭和の時代じゃあるまいし。見た目のおかげで訴えられないだけよ、アレは」

ええっと……

それ、蒼佑さんのことですよね⁉

あまりの衝撃に何も言えない私に、楢崎さんはオフィスを見回し、近くに人がいないことを確認してから囁《ささや》き声で続ける。

「あの様子じゃ、気づく人はすぐに気づくわよ。私も社内恋愛を経て結婚したから、感じ取っちゃうのよね。三谷さんが適当に仕事をする子だったらこんなこと言わないわ。いい？　キャリアを積みたかったら、結婚が決まるまで周りに気づかれちゃダメよ。特にうちの会社はね」

ひいい……！　なんだかすごい説得力！

シラを切るタイミングもテクニックも持ち合わせていなかった私は、こくりと頷くほかなかった。

「な、楢崎さんも社内恋愛を……？」

「そうよ。知らなかった？」

「はい……何も……」

楢崎さんは、「そう……」とコーヒーの缶に視線を落とし、再び周りに目をやってから話を続けた。

「私の夫も元上司で……。三谷さんたちとほぼ同じ状況ね」

「……！」

「最初は楽しいのよね。必要とされて嬉しいし……。でもね。あんまり完璧に応えちゃダメよ。自分のことはある程度自分でさせないと、三谷さんの首を絞めることになるから」

「はい……」

「仕事とプライベートは切り離すのよ。今はラブラブでも、後々のためだから。できないことはできないって言わなきゃダメ。彼と同じようにワーカホリックにならなくていいの」

「はい……！」

ごく……

怖い話を聞く気分で、楢崎さんの教えをありがたく拝聴する。

しかも……ちょっとわかる気がする。すごく想像できてしまう。リアルさに笑いそうになるくらいだ。

「熱くなりすぎたわね……。お節介ってわかってるんだけど、言わずにいられなくて……ごめんね。三谷さんには私のようにならないでほしくて」

「いえ、あの、嬉しいです……。心配してくださって……」

それはまぎれもない本心。

そして、楢崎さんみたいになりたいと憧れの念が増した。

「……で、楢崎さんの旦那さんって……社内にいらっしゃるってことですか？」

私が入社して三年。『楢崎』という名前の方は楢崎さんしか知らず。

ここは本社なのだが、地方にはいくつか支社もあり、旦那さんはそちらで勤務されているのかもしれない。もしくは関連会社勤務になっているとか。

そんな気持ちで確認したら、楢崎さんは「すぐにわかるわよ」と言って微笑んだ。

「さあ、お昼休憩も終わりね。仕事しましょ！　資料作成お願いしてもいい？」

「はい！　もちろんです！」

旦那さんが誰であるのか気になるところだが――

楢崎さんにぐっと近づけたことが嬉しくて、仕事も料理も頑張ろうと決意するのだった。

蒼佑さんの本日の予定は出張先からの直帰。

昼から気合いを入れて働いたことにより無事に楢崎さんの足を引っ張ることなく、いつもどおり定時で帰ってもらえたし、私もそろそろ退勤する。現在十九時過ぎ。余裕でスーパーに寄れるし、野菜スティックだけではなく、何かまともな一品を作れるかもしれない。

蒼佑さん、病み上がりだし、私が仕事で散々迷惑かけて疲れているだろうし……メニューは胃にやさしいものがいいよね。何がいいかな。おうどんかな。

会社帰り、蒼佑さんのマンション近くのスーパーに寄った。あれでもないこれでもないといろいろ考えながら、たくさん買い込んでマンションに到着。

「さ、作るぞー」

早速腕まくりして、楢崎さん秘伝の野菜スティック用味噌マヨディップと、疲れた時ものどを通りやすい具だくさん野菜スープ、肉じゃがを作ることにした。

楢崎さんがカレーが作れれば煮込みものは大丈夫と言っていたのでそのお言葉を信じて、スープと肉じゃがはひたすら煮込む予定だ。

ディップと肉じゃがは早々に完成。その後はこの生活感のないキッチンで、ぐつぐつとスープを煮込む。外食ばかりで、きっと野菜も摂れてないだろうから……。どうか、おいしくできますように。

　すべてが完成した頃には二十三時を回っていた。

「蒼佑さん、遅いなあ……。どこかで倒れてないよね……」

　彼の身を案じながらもあくびが出る。連日まともに寝ていないせいで、目の下のクマがすごい。

　先にお風呂を借りようかな、などと考えているうちにテーブルの上で睡魔に襲われてしまった。


「結衣……結衣。寝てる？」

　肩を揺すられて、はっと目を覚ます。見上げると、今帰ってきたばかりであろう蒼佑さんが心配そうに私を覗き込んでいた。

　出張から戻ったばかりなのだろう。黒いスーツに身を包み、たくさんの荷物が床に置いてある。

「……わああ！　寝てしまいました！」

「そりゃこんな時間だし寝ても不思議じゃないよ。寝る時はベッドルーム使えよ。疲れが取れないだろ。遠慮すんな」

「蒼佑さん、お帰りなさい……」

「うん……ただいま。やっぱり結衣が家にいるのはいいな」

　蒼佑さんはネクタイを解き、黒のジャケットを脱ぎながら答える。

　優しい……

「お前も大変だったろうに、料理作ってくれたんだな。ありがとう。疲れてるのに……」

本当に心配そうに蒼佑さんが髪を撫でるものだから、しばらく身を預けてしまった。

幸せすぎて……頑張って煮込んで本当によかった。

「蒼佑さん、お体は大丈夫ですか……？」

「大丈夫。結衣と風呂入って一緒に寝たら、もっと元気になるかもな」

お風呂――。今から？　一緒に？

「わかりました……」

眠気に襲われながら服を脱ごうとすると、蒼佑さんに強く抱きしめられた。

蒼佑さんの胸の中は、蒼佑さんと外の空気の匂いがする。頬と頬を触れ合わせながら目を閉じると、安心してしまって力が入らない……。

ぎゅっと抱きしめられたままぴくりとも動かない私に、さすがの蒼佑さんも慌てたように私の顔を覗き込んだ。相変わらずの漆黒の瞳は、目が合うと吸い込まれそうなぐらい深い黒。

「……結衣、大丈夫か？　俺の風邪がうつったか？」

「いえ、違います……ただ眠くて……」

「わかった。風呂は明日入れ。今夜はとりあえず寝ろ」

蒼佑さんにしがみついたままでいると、膝の裏に蒼佑さんの手が差し込まれ、ふわりと体が浮いた。

え……これって……！

蒼佑さんのお姫様抱っこー！

「………キャー!!　怖い！　落ちちゃう！」

「おいっ、暴れるな！　いいからしっかり抱きついてろ！　うるせえ！」

普通なら、ロマンティック最高潮になるべき場面だというのに私ときたら——

落っことされるのではないかという恐怖で盛大にムードをぶち壊してしまう。蒼佑さんもおよそ王子様とはかけ離れた暴言を吐きながら、ベッドルームまで運んでくれた。

「あー疲れた」

どさりと私をベッドに寝かせると、蒼佑さんは首をコキコキと回しつつ気だるげに言った。

お姫様抱っこのシーンで暴れる女子なんていないよね……。反省しなければ。

「申し訳ありません……」

「何を謝ってるんだ。お前も同じだろ？　ここ最近絶対に疲れてるだろ。早く寝ろ。睡眠不足でいいパフォーマンスなんてできないから」

さっきまでの憮然としたものから一転、蒼佑さんは優しげな表情に変わり、そっと髪を撫でてくれた。

「初めてここに連れてきた時も抱き上げてるんだからな。今更騒がなくてもいい」

「お世話かけます……」

さっきまでは本当に眠かったのだが、お姫様抱っこ騒動で完全に目が覚めた。

蒼佑さんは丁寧に布団をかけ、優しく頬にキスをくれる。

「終わったらすぐ来るからな。先に寝とけよ」

そう言ってバスルームに行ってしまった。

ベッドルームは蒼佑さんの匂いがする。かけてくれた布団を抱きしめて寝ようとしたが、すっかり目が冴えてしまったので、結局、蒼佑さんのあとを追うことにした。

バスルームに行くと、すりガラスのドアの向こうでシャワーの音がしている。急に入ったら驚くだろうな……と考えが過《よぎ》ったけれど、思い切って服を脱ぎ、タオルを巻いてノックした。

「蒼佑さん！」

シャワーの音がやみ、ドアのガラスに蒼佑さんの影が映る。

「えっ？　どうした？」

「あの……い……一緒に入ってもいいですか!?」

恥を忍んで聞いたら、すごい勢いでドアが開いた。濡れた髪で、何も隠していない蒼佑さんの体が目の前に現れて、恥ずかしさに俯《うつむ》く。

「……いいよ。もちろん」

腕を引かれてバスルームに入り、途端にタオルを剥《は》がされてしまった。

隠す間もないままに、蒼佑さんが私の手を捕まえる。

「俺が洗うから、邪魔するなよ？」

蒼佑さんの瞳はキラキラしていた。いたずら盛りの少年みたいに。

翌日、楢崎さんとの外回りからの帰社中、ふと考える。

蒼佑さんは沙梨の異動の件、すべて知っていたんだろうな。

でも私には話さない。

プライベートと仕事を分けるというのはそういうことなのだ。まあ、私が先に知ったところでどうしようもないし、営業部に人員が必要なのは明らかだし……

超個人的な感情でモヤモヤしている私のほうがアウトなのだ。

そんな煩悶《はんもん》を抱きながら、オフィスのエントランスホールでエレベーターが来るのを待っていた。

「来月から新メンバーも来ることだし、少しは楽になるといいわね」

「そうですね」

「私からすると、やっと人が来てくれるって感じだけれど。三谷さん以来だものね」

我が社では、新入社員がいきなり営業部に入ることは比較的珍しく、数年別部署で経験を積んでから呼ばれたり、本人が希望を出したりするのだ。

しかしそれが沙梨だとは本当に思いもよらず。

悶々《もんもん》としている私に対し、晴れ晴れとした笑顔の楢崎さん。

「何度も頼んだ甲斐があったわ」

「あ……」

そういえば、前に今澤さんが言ってたっけ。

楢崎さんが、私の負担を減らすために部長に頼んでくれていると。

「いろいろとありがとうございました。楢崎さんが部長にかけ合ってくださっていたと風の噂で伺いまして……」

深々と頭を下げて礼を述べたが、楢崎さんは首を傾げて頬に手を当てていた。

「部長に？」

「あれっ？　あっ、私の勘違いでしょうか？」

「いえ、頼んだのは頼んだけれど……。あ。お疲れさまです」

楢崎さんが私越しに誰かを見つけて挨拶する。つられて振り返ると西野営業本部長と小南部長がいた。会議室から出てこられたところだ。

私も慌てて頭を下げ、挨拶する。

「お疲れさまですっ」

西野本部長は、我が社の役職ヒエラルキーの中でもトップゾーンにいる人だ。完全なレアキャラで、私なんかがおいそれと話しかけられる方ではない。

黒く艶《つや》のある髪。背が高く、肩幅もあって元スポーツマンの風貌。仕事に厳しい方だという噂は聞いていて、とにかく……オーラがすごい。

蒼佑さんが年齢を重ねたらこういう感じになるのかもしれないと思ったりする。

「ご苦労さまです。三谷さん」

西野本部長が目尻に渋く皺《しわ》を刻み、微笑みながら挨拶を返してくださった。こ、こんな下っ端の名前を覚えていてくださるとは！

感激で言葉が出てこないうちに、エレベーターが到着した。

「失礼します」

そのまま私たちはエレベーターに乗り込み、西野本部長たちは外へ行かれて終了。

しかし素敵だった。危うくキュンとしかけるところだった。蒼佑さんという人がいるのに。

私はこの興奮を分かち合うべく、楢崎さんに話しかけた。

「西野本部長、素敵でしたね！　初めてご挨拶しましたが、すごいオーラです！」

「そうね。外面はいいのよね」

「えっ……ええっ⁉」

ものの見事に瞬殺される。

てっきり肯定意見が返ってくるとばかり考えていた私は大声を上げてしまう。

すると、楢崎さんがバッグの中を探り始めた。スマホを取り出して小さく溜息をつく。

「あ。ごめんなさい。電話がかかってきたから、三谷さんは先に戻っていて」

「はい！　さっきの打ち合わせどおり見積りを作っておきます」

「助かるわ。ありがとう」

楢崎さんの表情が少し焦っているように見えたが、余計な詮索はしないでおく。私が今できることは、とにかく業務をこなすこと。

パソコンに向かって作業していると、楢崎さんが戻ってきた。

「ごめんなさい、三谷さん。息子の担任の先生から電話があって、息子がケガしたらしくて……」

楢崎さんが泣きそうになっているように見えて、慌てて席を立つ。

「だ、大丈夫ですか？」

「わからない……骨が折れてるかもしれないから、今から救急車で病院に向かうって。小南部長に連絡して、私も病院に向かおうと思うんだけど……」

咄嗟《とっさ》に受話器を取り、小南部長の携帯電話を鳴らすが出ない。すると、楢崎さんはプライベートのスマホを取り出し、電話をかけ始めた。

誰にかけているのかわからないが、お相手は電話に出てくれたようだ。

「あたしだけど。……玲がケガをしたらしいの。骨折している可能性があって、学校から救急車を呼んでるって連絡が来たから、病院に行きたいの。……うん。まだあたしも詳しいことはわからないから。――とにかく、そこでお茶してるだけなら部長をオフィスに戻してくれない？　こっちに人が足りてないの知ってるでしょう！」

楢崎さんの迫力にビビりながら話の行方を見守る。ふと、デスクの上の写真立てが目に入った。

小学生の男の子の、制服姿の写真。可愛らしくて利発そうな顔立ちは楢崎さんに似ていると思っていたが――名札に書いてある名前を見て、さっきから抱いていた疑惑が確信に変わる。

一ねん一くみ　にしのれい――

「ったく、男親はのんきでいいわよね！」

電話を切ったあと、楢崎さんは苦虫を噛み潰したような表情で漏らしている。

自分と蒼佑さんの未来の姿はこんな感じなのだろうかと考えると、微笑ましく思う反面、いろいろ覚悟しなくては……と背筋が伸びる思いもして。

いや、今、私にできることは……

「楢崎さん。私じゃ頼りないかもしれないですが、あとは任せてください。ヘマしないように気をつけるので。早く病院に行ってあげてください」

「……」

楢崎さんは少し考えるそぶりを見せたが、振り切るようにうん、と頷いてくれた。

「頼りなくなんかないわ。……ありがとう。本当に助かる。ありがとう」

そらされがちだった視線を、今はしっかりと合わせてくれている。感動して、少し目頭が熱くなった。

尊敬する相手に、自分を信じてもらえるというのは、とても幸せなことだ。

「まさか楢崎さんが、西野本部長の奥様だったとは……」

「言ってなかったっけ。周りはみんな知ってるから言ったつもりになってた。楢崎さんは業務では旧姓を使ってるんだよ。でもまあ、ご夫婦どちらも自分に厳しいのは似てるな」

土曜日の昼下がり。蒼佑さんのマンションで二人で遅めの昼食を取っていた。

午前中だけ会社で仕事をして帰ってきた蒼佑さんのために、腕をふるって作ったのは、袋ラーメンに野菜炒めとゆで卵をのっけただけの簡単メニュー。

もっとお料理上手になりたいけど、これはこれでおいしい。ジャンク最高。

それにしてもこんなにのんびりできるのは久しぶりだ。平日は社内でもほとんど顔を合わせられないし、改めて幸せを感じる。

「西野さんの息子さんのケガ、大したことなくてよかったな。完全に治るまでは少しかかるだろうが」

「そうですね。子育てしながら働くのって、大変だろうな……」

「え？」

返事の内容がずれていたようで、蒼佑さんが首を傾げている。

しまった。

「あ、いえ。……」

「……？　なんの話だ？」

歯切れの悪い返事に蒼佑さんは訝《いぶか》しげな眼差しを向けてきた。うう。迫力あるけど、とてもセクシーです。

「あの。西野本部長って、やっぱり亭主関白なのでしょうか？　育児とか、楢崎さんにご負担がかかっていたりとか……」

「ああ……確かにまあ、昔はあんまり家庭を顧《かえり》みるタイプではなかったかな。楢崎さんもなんでも一人でやっちゃう人だし、能力高いしね」

うーん。楢崎さんの仕事ぶりは確かにそんな感じではあるけれど、きっとたくさん我慢してきたのだろう。といっても、西野本部長だって何も我慢していないわけではないだろうけど。

「結婚って、大変なんでしょうかね……」

今でも、蒼佑さんとの結婚には憧れている。でも、うまくできるんだろうか、私に。

ズズーっと麺を啜《すす》り、ゆで卵を食べる。もぐもぐと咀嚼《そしゃく》していると視線を感じたので顔を上げた。

蒼佑さんが笑いを堪えている。

「えっ。なんでしょうか？」

「結衣って本当にいい音で麺啜《すす》るよな。食うの速いし、見ていて気持ちいいよ」

女として褒められていない気がする。

そんなこと言われたら、もうラーメンもうどんもそばも啜《すす》れないよ！

「蒼佑さん、いじわる……」

拗《す》ねながらもやはり麺を啜《すす》り、ごちそうさまと手を合わせた。蒼佑さんはくくくと笑っていた。

「ごめん。でも、結衣とゆっくりできるの久しぶりで、俺、嬉しくて浮かれてるかもしれない」

「う……嬉しくて浮かれてるのは同じ、ですけど……」

今日の蒼佑さんはとても甘くて戸惑ってしまう。

同じく食べ終えた蒼佑さんのお鉢を重ねて、シンクに運ぼうとすると、蒼佑さんに軽々と取られてしまった。

「作ってくれたんだし、俺が洗うよ。結衣は座ってて」

「いや、でも、蒼佑さんは午前中お仕事してきたのに……」

蒼佑さんはシンクに食器を置くと、私の肩を抱き寄せてキスをした。

第四章

「人事部から来ました、秋本沙梨です。早く戦力になれるよう精進しますので、よろしくお願いいたします」

朝礼中、美しくお辞儀をする沙梨に拍手が送られる。

いつも緩くふわふわにセットされていた沙梨の髪は、高い位置できっちりとまとめられていた。きりりとしたクールな感じで、男性陣は釘付けになっている。

「可愛い子来たな〜、スタイルいいし〜」

「なんか仕事もやる気になるよな！」

「でも秋本さんって湊さん付きだろ？　あーあ、さすがの鬼も秋本さんには甘いんだろうな！」

こんな時に限って先輩男性メンバーたちの忌憚《きたん》のない評価が飛び込んできてなおさら不安を煽られる。

沙梨が蒼佑さんに付くとは……！　いや、薄々わかってたけど！

私情を仕事に持ち込んではいけないとあれだけ肝に銘じたというのに私ったら！

私が表情をなくしながらも心の内で葛藤していると、蒼佑さんが沙梨の席へと足早に歩いていった。

「秋本、ちょっといいか。俺十時まで時間あるから、ミーティングルームで打ち合わせな」

「はいっ、すぐ参ります」

私……この状況に耐えられるのだろうか。私情を持ち込まないようになんて本当にできるのかな……

楢崎さんもこんなことあったのかな……

そういえば、楢崎さんは本日午後出社だった。妬《や》いている場合ではない。姐《あね》さん不在の間、私が頑張らないと！

情緒不安定が爆発している私のデスクに、ドリンクカップがことりと置かれた。見上げると、今澤さんが優しく微笑んでいる。

「さっきついでに買っちゃったんだけど、三谷さんミルクティー飲む？　ミルクティー、好きだよね」

「い、今澤さん～！　ありがたくいただきます、ありがとうございます！」

甘くてほっこりしておいしい……

沙梨は女らしくて可愛く、したたかさも向上心もあってパワフル——そんな同期だ。

いくら蒼佑さんが今、私の彼氏だからって、ずっと心を繋ぎとめられる自信はない。

「私……ほんとに勝ち目あるのかな……」

「え？　なんて……？　勝ち目……？」

不穏な独り言が漏れ出てしまい、今澤さんがきょとんとしている。ややヤばい。

「すみません！　ちょっと……いろいろと考えてたら声に出てしまって」

するとと今澤さんが柔和な微笑みを見せた。

「大丈夫だよ。自信を持って。三谷さんは三谷さんらしくいてね」

「う、ううう……今澤さん、いい人……」

「いい人どまりだけどね……」

今澤さんはなぜこんなに上手に不安を取り除いてくれるんだろう。おいしいミルクティーを飲み干すと、闘志が湧いてきた。今澤さんのおかげだ。

「私、仕事頑張ります！　とりあえず今の業務を楢崎さんばりに捌《さば》けるように！」

「うん、いい目標だね。楢崎さんになれたら鉄人だよね」

今澤さんに絶妙に甘やかされ、やる気になった私はがつがつと業務をこなした。

本当に、私はきれいごと好きの偽善者だったんだなあ……

――きれいごと好きだよね。

――そういうところが嫌いなの。

前、沙梨に言われた言葉を胸の内で反芻《はんすう》する。言われた直後ほどではないが、今も思い出すと心が重くなる。

営業でキャリアを積みたいという沙梨に、個人的な感情でこんなに嫉妬している私はなんてつまらない人間なんだ。

定時後、営業部は席替えをした。

席替えを終わらせたメンバーがちらほらと退勤していくが、蒼佑さんはまた望月ホールディングスに訪問中だ。

沙梨の席は角の資料キャビネット前の最前列で蒼佑さんと今澤さんの近くだ。

私の席は楢崎さんの隣で、小南部長関連の仕事も入るようになった。

ざっくり分けると、蒼佑さん率いる外販チーム、小南部長付きの内販チーム。私は小南チームに所属することになる。

午後から出社した楢崎さんは珍しく残業をしていた。顔色が悪い気がして声をかける。

「楢崎さん、大丈夫ですか？　残り、もらいますよ。今、手が空いたので」

「ごめんね……朝も任せちゃったのに……申し訳ないわ、三谷さんばかりにさせてしまって」

「そんなの！　全然大丈夫ですよ！」

今は、業務が増えるのは問題ない。やっぱり蒼佑さんの下で鍛えられていたのか、こちらの業務も覚えればこなしていける自信が出た。そして楢崎さんのやり方は無駄がないのに隅々まで行き届いていて本当に勉強になる。早く彼女に追いつきたい。

楢崎さんは青い顔をしてふうと溜息をついた。心配だ。

「お子さんのケガ、大変ですか……？」

「ううん。それはもう治ってきたんだけど……ちょっと私の体調がすぐれなくて。歳なのかなあ……」

「えっ！　まだお若いじゃないですか！」

「うーん、でも三十五ぐらいを境に体力が落ちるって聞いたことあるしね……」

「そうなんですね……勉強になります。あ、でも、本当に無理しないでくださいね。帰れる時は帰ってください。ママが体調悪かったらお子さんも心配すると思うし……西野本部長もきっと心配されますよ」

そう言うと、楢崎さんは真顔で首を傾げた。最近、私にもコミカルな一面を見せてくれるようになって、とても嬉しい。どこまでが真実かはわからないけど、楢崎さんはとにかく本部長に対して辛辣すぎて、笑ってしまう。

「夫はどう思ってるんだか知らないけど……そうよね。ごめんね。ちゃんと体調を整えるわ。明日は会議もあるし朝から来るから……」

「かしこまりました！　あとはお任せください！」

青白い顔で帰っていく楢崎さんをエレベーターまで見送って席に戻ると、業務が一段落した様子の沙梨と目が合った。

「結衣、まだ仕事？」

先に声をかけてきたのは沙梨だった。私は一息おいて答える。

「うん、あとちょっとやる……。沙梨は？」

「だいたいは終わったけど、残りはこれから直接確認しようと思って。湊マネージャーももうすぐ戻られるみたいだから」

「そう……」

沙梨はきっとそつなくなんでもこなしてるんだろうな。プライベートはいろいろと激しめの彼女だけど、実は頭が切れるし仕事もできるもん……

それ以上会話が続かず、自分のデスクに座る。すると、メイクポーチを持った沙梨が立ち上がり歩いてきた。

「お疲れさま。あげる」

デスクにキャラメルが三個、ころりと置かれた。いつもくれてた甘いミルクキャラメル。

「あ、ありがとう」

キャラメルを握り締めて沙梨の背中に礼を言うが、沙梨はそっけなく手を振って出ていった。

友達としての関係は前とは変わってしまったけど、変わってない心もあると思いたい。


「疲れたー。あっ、三谷さんまだいる」

集中して業務に取り組んでいると、今澤さんの声がした。顔を向けると、今澤さんの後ろには蒼佑さんもいる。二人揃って帰ってきたようだ。

「私はあとちょっとしたら帰ります。お帰りなさい、お二人とも」

立ち上がって挨拶すると、今澤さんがにこにこと答えた。

「ただいま！　あー、いいね。可愛らしい笑顔で『おかえり』って出迎えてくれると、ほんと癒《いや》されるよ。ですよね、湊さん」

「お前……。最近発言にフレッシュさがなくなってきたな」

「今澤さん……すっかりお世辞がお上手になられて……」

「三谷さんまで！　お世辞じゃないって！　外回りの人間は絶対そう思うって！　ねっ、そうですよね、湊さん」

「ああー……まあ、それは確かに……」

蒼佑さんは今澤さんの勢いに気圧《けお》されつつ、困惑した顔でちらりと私を見た。目が合って微笑み合う私たちに、今澤さんが肩を竦《すく》めてデスクに戻る。

「あーあ、俺も残務処理して帰ろっと」

「私も続きを……」

「三谷さん、だいぶ席離れちゃったね」

二つ向こうの島に二人がいて、私は一人。

「三谷さんがそばにいないの、しばらく慣れないかも」

「そうですね。ちょっと寂しい……」

と、言いかけたところでメイクを直した沙梨が戻ってきた。私語をやめてそれぞれ業務に戻る。

沙梨は華やかな笑顔で蒼佑さんのデスクに駆け寄った。

「湊マネージャー！　お帰りなさい！　お待ちしていましたよー！」

「ああ、ただいま。まだ残ってたのか？」

「はい……ちょっとわからないところがあったので……湊マネージャーに直接お聞きしたいなと

思って」

「どれ？　見せて」

蒼佑さんと沙梨が顔を寄せ合って何かを確認しているのが嫌でも視界に入る。

ヤキモキしながらもなんとか今日の仕事を終え、速やかにパソコンをシャットダウンする。長居してもいいことないし、さっさと帰ろ帰ろー！

そうして私がそそくさと帰り支度を始めると、同じように今澤さんもバッグを肩にかけて立ち上がる。目が合ってお互い苦笑いした。


ミルクキャラメルを口に放り込んで今澤さんとオフィスを出る。

未だに嫉妬してしまう自分に溜息をつくと、今澤さんが振り向いた。

「幸せも全部逃げちゃいそうな溜息だね……」

「ごめんなさい……自己嫌悪です……営業部の環境が変わって早くもホームシックっていうか……」

「まあ、仕事はいろいろ変わるもんね。プライベートはうまくいってるんでしょ？」

「そうですね……」

うまくいっていると思う。蒼佑さんもとても優しい。好きな人と付き合えていて幸せなはずだ。満たされていないなんてありえない、はずなのに……

何がこんなに寂しいんだろう。

「今夜は湊さんち行かないの？」

「あ……約束はしてません。忙しそうですし……」

「湊さん、もう今日は帰るって言ってたけどな。そこでコーヒー飲みながら待つ？　付き合うよ」

「今澤さん……どんだけいい先輩なんですか」

「だろ？　ま、俺と待ってたら湊さんめちゃくちゃ妬《や》くだろうけどね」

にやっと笑う今澤さんは少し意地悪な顔をしていた。た、確かにそうなる……

学習能力のないことをしたらまた蒼佑さんにお仕置きされそうなので、今澤さんには帰ってもらって、一人でコーヒーショップのテラス席で待つことにした。

私が沙梨に妬《や》いたように、蒼佑さんだって妬《や》くんだよね。

ソイラテを飲みながら少しの間待っていたら、隣のテーブルに座ろうとしている情報システム部の村田さんと目が合った。

「あ。三谷さん、一人？」

「お疲れさまです。はい、一人ですよ」

「ここでお茶してるの珍しいねー。一人で残業してるのはよく見るけど！　今営業部大変だろ～」

朗《ほが》らかなお人柄で、思わず私も顔が綻《ほころ》ぶ。確か蒼佑さんとも仲が良かったはず。

村田さんはニコニコとコーヒーを啜《すす》っている。

「先月はご迷惑おかけして申し訳ないです……」

「あ、決裁漏れのこと？　大丈夫だよ、僕たちはなんとでもなるから。まあまあ、気を落とさずに。湊さんの補佐をやってるってことは、それはもうたくさんの依頼を抱えてるんでしょ？　一個ぐらい漏れたところで湊さんがなんとかするだろうし、実際みんなもなんとかするよ。そんなに心配しないで」

驚くほどの包容力に、思わず拝みそうになる。村田さん……なんていい人なの？

「ま、ご存じだとは思うけど、望月案件は仕様変更がつきもので、こっちも変更だらけでね。今日は帰れそうにないから、ちょっとだけ休憩して、またオフィス戻るの」

「大変ですね……私も頑張らなきゃ」

「忙しいのはいいことなんだけどね〜。売上あってこそ僕たちに給料が出るってことだから。だから、どうせ忙しいなら、嫌々するより楽しくしたいよね」

「すごく……素敵な考えですね」

村田さんはわははと笑い、またコーヒーを飲む。通りを走る車を眺めながら、「俺、あの車欲しいんだよなー」と楽しそうに話してくれる。

私も、楽しくしたいと思いながら働いていたはずなのにな。いつの間にか私情が絡んで……私、何やってるんだろう。

ソイラテを一口飲むとふんわり甘くて心が落ち着いてきた。村田さんのおかげもあるのだろうか、すごく癒《いや》されて元気が出た。

「あ、湊さーん！　秋本さーん！　お疲れーっす」

急に村田さんが大きく手を振り出した。ビルから出てきた蒼佑さんがこっちに気づき、沙梨と歩いてくる。

「お疲れ。情シスはまだこれから残業か？　大変だな。……で、三谷は何してるんだ？　早く帰って寝ろよな。この忙しい時に、お前まで倒れんなよ」

「は、はい……」

蒼佑さんが気を遣うと思って、ここで待っている連絡はしていなかったから、そう言われても仕方ないんだけど……。村田さんや沙梨の前でそんな風に言われると悲しい気持ちになる。

「私、帰りますね。失礼します」

沙梨は軽く頭を下げ、振り向くこともなく帰っていく。村田さんも飲み干したカップを捨て、会社に戻っていった。

私と蒼佑さん二人がテラス席に残される。私も立ち上がってカップを捨てていると、蒼佑さんが隣に立った。

「俺を待ってたのか」

さっき、みんながいた時よりも少しだけ優しい声。

「激務でお疲れだろうと思って、心配だったのと……私がちょっと、湊さんに会いたくなってしまったので……待ってました。すみません」

「いや、まったく謝ることはないけど」

お疲れ顔の蒼佑さんを見ているととても心配になるけど、やけにセクシーに見えるのが困る。

「会いたいと思った時は、すぐ言ってくれていいのに。とりあえず俺んちに行こう」

蒼佑さんはそう言い、私のすぐ前を歩き出した。ぎゅっとしたい気持ちを堪え、私も歩を進めた。

マンションに着き、キッチンで軽く食事を用意することにした。

「蒼佑さん、先にお風呂入ってくださいね。お疲れでしょうから」

「お前だって疲れてるだろ。今日も一緒に入るか？」

うーん。一緒にお風呂に入ると、いろいろと楽しんでしまって余計に疲れさせちゃいそうだしなぁ……。ここは我慢。

「……一緒に入ったら長くなっちゃうので、私はあとにします。お先にどうぞです」

「ふぅん。まあ、いいけど」

蒼佑さんはそう言ってバスルームへ向かった。

断っちゃって可愛げなかったかな？

どんな返事が正しいのか、今日はよくわからない……。


「用意ありがとう。うまそう」

「いただきましょう！」

湯上がりの蒼佑さんはさらにセクシーさが増していて眩しい。多忙をもフェロモンに変えるなんて感心する。

食事とよく冷えた缶ビールと冷やしたグラスを出して乾杯した。

「あー。うまい。やっと気ー抜けるよ。やっぱり結衣が家にいるのがいいな。明日も頑張ろうって思えるから」

ああ……いいこと言ってくれる……

蒼佑さんの無邪気な笑顔を目にしたら、つまらない独占欲で嫉妬している自分が情けなくて、涙がこみ上げてきた。

どれだけ忙しい時でも、プライベートの蒼佑さんはいつも優しくしてくれるのに。

急に泣き出した私を蒼佑さんが覗き込んでくる。

「えっ？　どうしたんだ？」

「ごめんなさい、情緒不安定で～」

「何かあったのか？　俺、なんかやらかしてたか？」

「何もやらかしてません、ただ私がヤキモチやいてただけです～～」

「ヤキモチ？　結衣が？」

沙梨にヤキモチ。前の業務への未練。今の環境への漠然とした不安。

堰《せき》を切ったように話し出してしまう。

蒼佑さんは思っていた以上に優しく話を聞いてくれて、その優しさが心に染みた。私から蒼佑さんを抱きしめたら、同じぐらいぎゅっと包んでくれる。

「結衣。結婚しよう。もう待ってられねえ。結衣がいいんなら、家族になろう」

涙が伝う頬に、柔らかなキスをされ、そっと目を閉じる。

蒼佑さんのキスが私の唇まで辿り着き、甘い吐息が混じり合った。

「……返事は？」

いつも大きく構えていて、余裕綽々《よゆうしゃくしゃく》で。

そんな蒼佑さんの、少しだけ焦りが見られる問いかけに、幸せでいっぱいになって胸の奥がきゅっと詰まった。

「どうぞ、よろしくお願いします……」

幸せすぎると、涙が止まらなくなるんだなぁ。

涙で視界が歪《ゆが》んで蒼佑さんが見えなくなる。

何度もキスをくれながら、「泣くな」と言う蒼佑さんの声はほんの少しだけ鼻声になっていて。

もしかしたら泣いていたのかもしれないけれど、そのまま押し倒されてしまったから、答えはわからないままだ。

SIDE　湊蒼佑

「湊さん……」

結衣に甘く呼ばれるのはいいのだが、さっきから名字で呼ばれているのが気になる。

名前呼びがなかなか定着しない。

「結衣は……いつになったら完全に名前で呼んでくれるのかな」

「……あ……。ふふ。本当ですね……。んっ……」

甘い声に紛れながらの何気ない会話。結衣を膝に乗せて、敏感な部分を指で優しく弄《いじ》りながら耳たぶにキスをする。

結衣は俺の手の甲に両手を重ねているが、妨げることなく身を任せ、時々体をぴくんと震わせている。

「気持ちいいか？」

風呂上がりの濡れた髪が首筋に色っぽく張り付いている。頬を桜色に上気させ、鼻にかかった甘い声を出す結衣。聞くまでもないぐらい快感を味わっているように見えるが、つい言わせたくなってしまう。

「……聞かないでください……もう……」

あー、可愛い――

恥ずかしそうに俺から顔を背けながらも、結衣は局部に触れている俺の手をぎゅっと押した。もっと激しくしてほしいサインだろうか。

「激しくしてほしいか？　物足りない？」

「もうっ……、はっきり言わないで……」

「わかった」

恥じらえば恥じらうほど、奥からどんどん溢《あふ》れてきているのがわかる。とろりとした蜜が俺の指に絡んで離れない。

結衣のお望みどおり、後ろから強く抱きしめ、指を奥まで届かせてゆっくりと中を探るように動かす。

「はあ……っあ」

歓喜が滲《にじ》む甘い声。

俺が手を動かすのと同じリズムで水音がベッドルームに響いた。

俺の膝の上で、結衣が長い足を左右に投げ出して快感に打ち震えている。白い肩に背後からキスをして、倒れないように抱き留めながら指を抜いた。

「もっ……もうだめ……だめです、本当に……」

高まる快感から逃げ出そうとする結衣。足を閉じられないように片足で阻み、剥《む》き出しになっている小さな突起に触れる。

「……っっ」

刺激が強かったのか、結衣の体がのけ反り、俺の腕をより一層強く掴む。

「もうっ……許して……だめ」

結衣が首を振りながら俺に許しを乞う。可愛い。

ダメダメと言われると、余計に興奮してしまうのはなんなのだろうか。

「だめって……気持ちいいんだろう？　こんなに感じてるのに」

「んーっ……」

結衣の部分はもうすっかりとろけていて、ちょっと触れただけで糸を引いて垂れる。いよいよ俺も我慢ができなくなってきて、痛いほど硬くなっている俺自身を結衣のそこへ当てた。

ぬるぬると滑らせて往復を楽しむ。体が熱くなってどんどん昂《たかぶ》ってくる。挿入したいが、ここでは無理だ。

結衣が腰を揺らしながら振り向く。

「ダメです、そのまま挿《い》れちゃったら……」

「……っ」

結衣の太ももに自身の屹立を挟む。まるでセックスしているように腰を振り出すと、結衣もそれに応えるように腰を動かす。

たっぷりと蜜で濡らされ、ますます滑りが良くなっていく。挿入したい気持ちを押し殺し、結衣を抱きしめひたすら腰を振る。

「あ、あぁ、ぁ……っ」

結衣の恍惚《こうこつ》とした声を聞きながら、強く抱きしめ、精をぶちまけた。

＊＊＊

「はあ……」

溜息をついて寝返りを打つ。すると蒼佑さんの目がしっかり開いていて、ばちりと目が合った。

「きゃあ！　起きてたんですか！」

「……起きてるよ。何度も結衣が溜息ついてるのも聞こえてる」

心の中でしか溜息をついてないと思ってたのに、出ていたのですね……

「作ってくれてた料理、ちょっと食ったよ」

「……おいしかった？」

「うまかったよ。ありがとう」

料理を褒めてもらえて、ちょっとだけ嬉しくなった。

「楢崎さんが、おいしそうなお弁当持ってこられていて……私も料理できるようになりたいなって……思って」

「そうか。俺も料理作りたいな」

「蒼佑さんも？」

ええーっ！　意外！

「一緒に上手になれば、二倍楽しめるだろう」

もっと亭主関白なタイプかと思い込んでいた。

「結衣が作れない時は俺が作ればいいいし。その逆もあるだろうし……」

「一緒に？」

「うん。仕事でもそうだろう。一人で抱え込まれるより共有できるほうがいいと思うから……」

おしゃれなライトがつり下がっている天井を見ながら話す蒼佑さん。その横顔を間近で見つめる。

私は、何を不安に思っていたのかな。蒼佑さんは忙しくても、こんなに私のことを考えてくれているのに。

蒼佑さんだけではない。楢崎さんも……ずっと私に向き合ってくれていたじゃないか。

甘えた自分と決別して、蒼佑さんと人生を歩んでいきたい――そう思いながら、蒼佑さんの頬にキスをした。

SIDE　秋本沙梨

「あ～疲れた。連勤はきついわ。若い頃とは違うわ～」

「お疲れさま。コーヒー淹《い》れるけど、飲む？」

「飲む飲む～。ありがとう、沙梨ちゃん」

連勤が終わった彼のために豆を挽《ひ》いてコーヒーを淹《い》れる。私はもう出勤しなければいけないけど。

背も高くないし、かっこよくないし、お腹にお肉はついているし、こんな人……まったくタイプじゃなかったのに不思議なものだ。

この人といるとすごく落ち着くのだ。

「ありがとう。コーヒー淹《い》れるのうまくなったよね～！　器用だよな～。すごくおいしいよ」

「なんでも褒めてくれるよね……村田さんて……」

情報システム部も今かなりの激務で疲れているはずなのに、いつも笑顔で、マグに入ったコーヒーをおいしそうに飲んでいる。今までこんな人、周りにはいなかった。

こんな、優しい人は。

「で、どう？　営業部の仕事は」

手鏡でメイクを確認している私に、にこにこしながら彼が聞く。

正直そんなに順調ではない。人事部の頃は社内の人間相手だったから気楽だった面もある。

今は湊マネージャーに呆れられないようにと常時気を張っている状態だ。

「……まだまだ覚えることばっかりで、全然役に立ってないよ。……結衣は手強いし」

「え？　三谷さんとは別業務なんでしょ？　なんで手強いの？」

「……だって、結衣がやってたレベルまで、そんなすぐにできないもん。営業、難しいよ」

「まあ新しいことやってるんだから、焦る必要はないよ。湊さんもちゃんと教えてくれるんでしょ？」

「うん……嫌な顔しないで教えてくれるけど……結衣と組んでた頃はあんなに怒ってたのに、私には他人行儀でさあ……」

「いいじゃない。怒られたいの？」

違う、と頬を膨らませると、彼は楽しそうに笑いながら手元の車情報誌を開く。

「やっぱり湊マネージャーは最初から結衣に心を許してたんだなって思う……」

こうして話していると、なんとなく落ち着いてきた。

自分で望んで異動したとはいえ、まだ居場所のない営業部。今日も頑張らないとな、と思いつつ手鏡を置いた。すると、彼がページを捲《めく》りながら優しく言った。

「沙梨ちゃん。三谷さんとまだケンカしてるなら、謝って仲直りすればいいじゃない」

「はっきりと仲直りはしてないけど……もとに戻ってる感じはあるし、普通に話はしてるよ。それに謝るにしても今更蒸し返せないよ」

「言葉にできないなら、三谷さんに何かあげたら？　お菓子とかさあ。喜んでくれそうじゃん」

「もうあげてるっ。時間だから、仕事行ってくる」

「あ、やってたの？　そうなんだ。じゃあ、ちゃんと仲直りできるよ」

そう言って彼が優しく笑うから、私はちょっとバツが悪くなってそっぽを向く。この人の前では取り繕《つくろ》うのもばかばかしくなって、素の自分が出てしまう。

「いってらっしゃーい。沙梨ちゃん、今週土日、車見に行こうねえ」

「休みが合えばね。いってきます」

私よりずっと忙しいのに、いつも笑顔で優しくしてくれて、私が家を出る時は、ドアを開けて手を振って見送ってくれる。

今までコーヒーなんて興味なかったけど、彼が好きだというから少し詳しくなった。

車も興味なかったけど、楽しそうに話してくれるから、ちょっと興味が出てきた。

見た目やキャリアに固執していた私をこんなにも変えてくれたのは、村田さんだ。

第五章

あれから、数年後。私は相変わらず営業部で働いている。

「三谷さん、ご依頼いただいた資料を作りました。お手すきの時にご確認お願いできますか？」

ショートヘアの小柄な女性——新卒採用の多田《ただ》さんが声をかけてきた。

「あ、はーい。ありがとう。いつも仕事早いねー」

「そんな……えへへ……」

奥ゆかしく恥じらう姿が大変可愛らしく、彼女を見ていると自然と笑顔になってしまう。

私も新人の頃はこんなにフレッシュだったのかなぁ。

そして、私と同じような表情で彼女を眺めている人物がもう一人。

「あ、今澤さん。お戻りですか」

「うん、ただいま。部内どんな感じ？」

「変わりなしでーす。リモートワークの人たちは定時過ぎたし、終わってもらいました」

「了解。ありがと」

今澤さんはチーフからマネージャーへと昇格し、私も同じチームで働いている。

「今澤さん、結衣、何か手伝うことないー？　なかったら帰るけどー」

声をかけてきてくれたのは沙梨。

沙梨ともいろいろあったけど、お互い結婚して、いい関係を築いている。ちなみに沙梨の旦那さんは現在情報システム部部長の村田さん。

二人の関係を知った時は非常に驚いたものだけど、とてもお似合いの夫婦で、今は可愛い娘さんが一人いらっしゃる。

「あ、大丈夫だよ。娘ちゃんが待っているだろうし帰ってあげて」

「じゃあそーする。結衣も早く帰りなよ！」

結婚して、出産して。恋愛のしがらみを抜けた先は、同期としての絆《きずな》ができていた。

「三谷さんもそろそろ帰りな。あとは大丈夫でしょ」

今澤さんが言う。

「ありがとうございます。じゃあ、そうしようかな。帰ります」

「俺たちの世代は、無理しすぎる癖が染みついているからね」

昔を思い出すように遠い目をする今澤さんにくすくすと笑った。

確かに、数年前は馬車馬のように働いていた。今も忙しい時はあれど、リモートワークなども可能になり、随分環境が整ってきたように思う。

「ふふっ、懐かしいですね」

みんなに挨拶をしてオフィスをあとにする。

ゆっくりと歩いて、会社近くの自宅に向かった。

最近は、バタバタ走り回ることもない。

ずっとパンプスだった足元はスニーカーに変わった。

ちょっと前からこれまでの服が着られなくなった。少しお腹が膨らんできたから。

名字は、三谷から湊になった。私はもうすぐ母になる予定だ。


作り置きしておいたカレーを二人分温めると、食欲をそそるスパイシーな匂いが部屋中に漂う。

スープをよそってサラダを盛りつけたところで、インターホンが鳴った。

黒いスーツ姿の蒼佑さんが帰ってきた。

「ただいま。腹減ったー」

「お帰りー。晩御飯食べよー。カレーだよー」

蒼佑さん、年をとって男前度が増していらっしゃいます。

結婚した翌年に、営業部から本部に上がってしまった蒼佑さん。今では社内で顔を合わせることは、ほとんどなくなった。今、彼は西野本部長のもとで働いている。

私と蒼佑さんは、楢崎さんと西野本部長のご関係をそのまま追っている感じだ。

「体調は大丈夫か？　仕事無理してない？」

蒼佑さんが着替えながら言う。

「うん。まあ、つわりが落ち着いたからちょっとマシかな。仕事は大丈夫だよ。来月楢崎さんが復帰されるし、新人さんも素直な子だし、なんとかなると思うよ」

「そうか」

楢崎さんは三度目の育休を経てこの度復帰される。楢崎さんのおかげでマニュアルも整備されてフォローし合える状況になり、ありがたい限りだ。

「カレーうまいな」

「おいしいよねー。二日目のカレーは」

何気ない会話をしながら、向かい合ってごはんを食べる。

結婚して数年。

もう、敬語で話すこともなくなった。「湊さん」と呼ぶこともなくなった。

かっこ悪いところももう十分知っているし、私のダメなところも弱いところもたくさん見せてきた。

ひとつずつ年を重ね、恋人から家族へと関係も変わっていく。

胸が弾けるほどのドキドキの代わりに、温もりに救われることもある。

「……あ。今ちょっと動いたかも」

最近顕著《けんちょ》に感じるようになった胎動を伝えると、蒼佑さんが嬉しそうに笑う。

その笑顔でまた、私も頑張ろうと思える。

「元気で生まれてほしいな……」

私がそう呟くと、蒼佑さんはこう答えた。

「何があっても大丈夫だよ。心配しなくていい」

蒼佑さんらしい返事に、笑みが零《こぼ》れて不安が軽くなる。

一歩ずつ進んでいこう。

二人の命の誕生を心待ちにしながら。

〜大人のための恋愛小説レーベル〜

ETERNITY
エタニティブックス

エタニティブックス・赤

心とカラダが蕩ける極上愛！
オレ様エリートと愛のない妊活はじめました

有允《ゆういん》ひろみ

装丁イラスト／相葉キョウコ

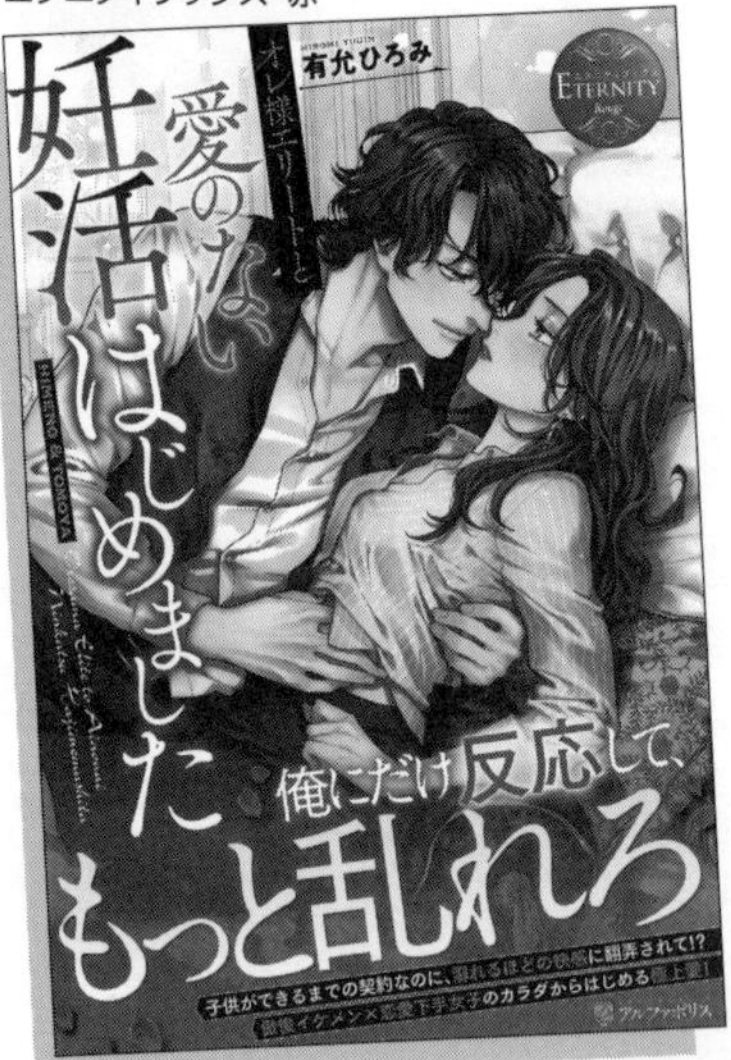

若くして会社を成功させたジュエリーデザイナーの姫乃《ひめの》。恋とは無縁の仕事人間ながら、三十歳となり自分の子供がほしくなる。そこで姫乃は、優秀な遺伝子を持った男とビジネスライクな子作り契約を結ぶことにしたが——相手の神野《かみの》は姫乃の想像を遥かに超える完璧な容姿と家柄と仕事を持つ上に、ベッドのテクニックまで最高で!?　傲慢イケメンと恋愛下手女子の素直になれない極上愛！

※エタニティブックスは大人の女性のための恋愛小説レーベルです。ロゴマークの色で性描写の有無を判断することができます（赤・一定以上の性描写あり、ロゼ・性描写あり、白・性描写なし）。

詳しくは公式サイトにてご確認ください。
https://eternity.alphapolis.co.jp/

携帯サイトはこちらから！

～大人のための恋愛小説レーベル～

ETERNITY
エタニティブックス

ETERNITY Rouge
エタニティブックス

溺愛夫婦のめくるめくマリッジ・ラブ！

私の最推しとの甘い結婚生活

エタニティブックス・赤

玄《くろ》野《の》クロ

装丁イラスト／海月あると

大学時代の同級生で勤務先の御曹司である悠斗《ゆうと》と結婚した美緒《みお》。二人は周囲から「高嶺の花カップル」と呼ばれ、完璧な夫婦に見えたが、美緒は自分ばかりが悠斗を好きすぎるのではないかと密かな悩みを抱えていた。でも実は悠斗も美緒を溺愛しており、お互いが相手にとっての「最推し」であることが発覚する。これまで知らなかった悠斗の新たな一面に美緒は昂る気持ちが押さえられなくて——!?

※エタニティブックスは大人の女性のための恋愛小説レーベルです。ロゴマークの色で性描写の有無を判断することができます（赤・一定以上の性描写あり、ロゼ・性描写あり、白・性描写なし）。

詳しくは公式サイトにてご確認ください。
https://eternity.alphapolis.co.jp/

携帯サイトはこちらから！

恋愛小説「エタニティブックス」の人気作を漫画化!

［漫画］乃斗ナツオ
［原作］吉桜美貴

Eternity COMICS

孤高のCEOと子作りすることになりました!

仕事一筋の女社長・茜音《あかね》は、順調な会社経営の中、「結婚はしたくないけど子供が欲しい」という願望を持っていた。そこへ友人から同じ願望を持つ男性・龍《りゅう》之《の》介《すけ》を紹介される。彼は超有名IT企業のCEOで、伴侶ではなく後継者だけを求めているという。お互いに意気投合したふたりはそれぞれ秘密を抱えながらも契約出産の関係を結ぶことに。目的を達成するための割り切った関係――なのに、龍之介の甘く優しい愛撫に心も身体も惹かれていき……!?

B6判　定価：704円（10%税込）　ISBN 978-4-434-31739-2

勤め先が倒産した日に、長年付き合った恋人にもフラれた凪子《なぎこ》。これから人生どうしたものか……と思案していたところ、幼馴染の鮫川康平《さめかわこうへい》と数年ぶりに再会する。そして近況を話しているうちに、なぜか突然プロポーズされて!?　勢いで決まった(はずの)結婚だけれど、旦那様は不器用ながら甘く優しく、とことん妻一筋。おまけに職業柄、日々鍛錬を欠かさないものだからその愛情表現は精力絶倫で、寝ても覚めても止まらない！　胸キュン必須の新婚ストーリー♡

B6判　定価：704円（10％税込）　ISBN 978-4-434-31630-2

この作品に対する皆様のご意見・ご感想をお待ちしております。

おハガキ・お手紙は以下の宛先にお送りください。

【宛先】

〒150-6008 東京都渋谷区恵比寿 4-20-3 恵比寿ｶﾞｰﾃﾞﾝﾌﾟﾚｲｽﾀﾜｰ 8F
（株）アルファポリス　書籍感想係

メールフォームでのご意見・ご感想は右のＱＲコードから、
あるいは以下のワードで検索をかけてください。

アルファポリス　書籍の感想　検索

ご感想はこちらから

本書は、Web サイト「アルファポリス」(https://www.alphapolis.co.jp/) に掲載されていたものを、
改稿・加筆・改題のうえ書籍化したものです。

鬼上司《おにじょうし》の執着愛《しゅうちゃくあい》にとろけそうです

クラリス

2023年　3月 25日初版発行

編集－塙綾子
編集長－倉持真理
発行者－梶本雄介
発行所－株式会社アルファポリス
〒150-6008 東京都渋谷区恵比寿4-20-3 恵比寿ｶﾞｰﾃﾞﾝﾌﾟﾚｲｽﾀﾜｰ8F
TEL 03-6277-1601（営業）　03-6277-1602（編集）
URL https://www.alphapolis.co.jp/
発売元－株式会社星雲社（共同出版社・流通責任出版社）
〒112-0005東京都文京区水道1-3-30
TEL 03-3868-3275
装丁イラスト－上原た壱
装丁デザイン－AFTERGLOW
（レーベルフォーマットデザイン－ansyyqdesign）
印刷－株式会社暁印刷

価格はカバーに表示されてあります。

落丁乱丁の場合はアルファポリスまでご連絡ください。

送料は小社負担でお取り替えします。


ISBN978-4-434-31738-5 C0093